COLECCIÓN SIN CENSURA

EL COLOR DE LA MENTIRA

I0549133

PEDRO GONZÁLEZ MUNNÉ

EL COLOR DE
LA MENTIRA

EDITORIAL LETRA VIVA
CORAL GABLES, LA FLORIDA

ISBN: 097620701X
ISBN-13: 978-0976207016

Printed in the United States of America

A LOS MÍOS

INTRODUCCIÓN

Este libro contiene artículos publicados en diferentes blogs y publicaciones Internet desde el 2006 al 2011, en los Estados Unidos, España, México, Cuba y diferentes países latinoamericanos.

Como periodista y escritor, Pedro González Munné fue una figura controversial, desde que en su natal Pinar del Río, Cuba, fundara en la década de los 60 con un grupo de amigos el movimiento de Talleres Literarios, fuente de la desaparecida Brigada *Hermanos Saíz*, de escritores y artistas jóvenes.

Sin ser nunca miembro de ningún partido político en su isla natal, aun cuando de la afiliación dependía la posibilidad de realizar estudios universitarios, se graduó de Periodismo en 1974 en la Universidad de La Habana,

En su labor profesional e intelectual acumuló diferentes reconocimientos, como los premios nacionales *Primero de Enero* de Historia (1978) con el libro *Soldados del Pueblo*, el *Juan Manuel Márquez* (1986) de reportaje en televisión y el *Sol de Cuba* (1986) del Instituto de Turismo, también para la televisión.

Fue uno de los más jóvenes periodistas *Vanguardias Nacionales* (1985) del Sindicato de Trabajadores de la Cultura de Cuba y desde su trabajo como reportero de provincia, llegó a ser analista internacional en el sistema de televisión del país y Corresponsal de Guerra en Vietnam y Camboya (1987).

En las purgas a la prensa cubana a principios de los años 90 fue expulsado de su trabajo y de todas las organizaciones sociales y profesionales a las que pertenecía, emigrando en 1991 a los Estados Unidos.

Vetado por la gran prensa de Miami que ha cerrado sus páginas a muchos otros periodistas cubanos, fundó el tabloide *La Nación Cubana.*

En los Estados Unidos como inmigrante, ha realizado diferentes trabajos, entre ellos el espacio radial *Dominio Público* (1998) en la programación de *Radio Progreso* y fue editor de las revistas *Player* y *Aboard* y profesor de escuelas locales de educación superior, entre otros.

Ha publicado por esta editorial las compilaciones periodísticas "Ciénaga de la Angustia" (Diciembre 2004); "Al Sonido de Mi Mismo" (Octubre 2005) y "Rehenes del Odio" (Octubre 2005), así como dos libros turísticos sobre Ecuador y El Salvador.

ÍNDICE

LIBRO CUARTO

EL COLOR DE LA MENTIRA

Hay una costumbre en Miami, sobre todo con los cubanos recién llegados y es pensar que trabajamos por la comida. No te ofrecen un empleo, pero te pagan un almuerzo y siempre tratando de sacar algo a cambio, utilidad por su dinero.

Uno de los Editores de nuestro magno tabloide local, el Miami Herald, me invitó el otro día para saber mi opinión sobre la prensa del futuro en Cuba. Le respondí que no sabía los nombres de los protagonistas pero que los periodistas, intelectuales y el pueblo cubano serían sus integrantes.

La respuesta fue típica: "Pero todos esos están contaminados por la Revolución".

Esa mentalidad es parte del folclor local, donde a pesar del barniz de todos quienes son primera, segunda o tercera generación de "exiliados", la idea de la purificación o esterilización de la isla, al mejor estilo hitleriano, es la más recomendable.

Por supuesto que no hay preguntas inocentes, sobre todo en una fauna que acostumbra a ponerle precio a todo.

Hace unos meses, otro personaje parecido, de la bien pagada 'prensa independiente' radicada en la Florida, me invitó a almorzar (y pagué yo por supuesto) para tratar de vincularme a un proyecto de la USAID donde se destinaría un presupuesto de seis cifras para diseñar la prensa del futuro en Cuba.

Como el objetivo es crear una opinión favorable a la nueva clase política se imprimiría el periódico en la Florida, se llevaría por avión a la isla y distribuiría masivamente. Esto, por supuesto con el apoyo de transmisiones masivas de radio y televisión desde Miami.

O sea que el Gobierno norteamericano, ya no sólo gasta cientos de millones de dólares en proyectos de divulgación de información cubana, elaborada y creada en la Florida, por unas cuantas decenas de bien pagados gacetilleros que copian la prensa cubana en Internet, recogen las anécdotas de la calle Ocho, o sencillamente se las inventan.

Ahí están las páginas Internet llenas de nombres de 'periodistas independientes' cubanos que tan pronto llegan al 'exilio' desaparecen en las intrincadas selvas de Hialeah, pues no saben escribir una letra: su intención era emigrar al imperio.

Finalmente, pues no quiero abusar de su tiempo quiero agregar que estos planes de las instituciones norteamericanas no son nuevos.

El Propio director del centro de estudios de la comunicación de la Universidad Internacional de la Florida, John Virtud, reconoció en una reciente entrevista que desde la creación del *movimiento* de periodistas independientes' de Cuba en 1990 (patrocinado por la Oficina de Intereses de los Estados Unidos en la Habana, lo cual es otra historia), se han realizado cinco cursos en la isla con dinero de la USAID.

Inclusive, se han dado seminarios, ayuda en equipos, dinero e instrucciones en la propia SINA de los Estados Unidos en la Habana.

Creo que este señor tiene mucho que aprender y poco que ofrecer en las conferencias que imparte a estudiantes y profesionales del periodismo que con dinero norteamericano vienen a la FIU para 'aprender' del periodismo norteamericano.

CAZANDO ENTRE LAS PALMERAS: NUESTROS HOMBRES EN LA HABANA

Vamos a llamarlo Jim. Él es uno de los cinco agentes del Departamento del Tesoro asignados a la difícil y arriesgada tarea de perseguir el turismo ilegal estadounidense en La Habana. Tienen todo el 4to piso del edificio de la Sección de Intereses (Embajada) en el Malecón habanero, con todo el hardware de vanguardia necesario para perseguir a estos criminales hostigados por el Departamento de Estado bajo la Administración de George W. Bush.

Se trata definitivamente del empleo efectivo de nuestros bien ganados dólares de impuestos.

El esfuerzo de Jim es en la calle. Cada mañana abandona la comodidad de su hermosa casa en Siboney, maneja su Chevrolet azul hacia la Habana Vieja y se mezcla con el bando de turistas, escogiendo a la persona adecuada para capturar un pedazo de información aquí, una foto sugestiva allá, lo que pudiera ser una buena de una familia Norteamericana comprando *maracas* de un *artesano* local.

Pero eso no es todo, también participa con sus camaradas oficiales en la vigilancia conversaciones celulares, correos electrónicos y todo tipo de mensajes que en estos días llenan el éter en la Habana y pudieran contener una pista importante para un caso criminal más importante, como los planes para el contrabando hacia Cayo Hueso de un par de cajas de *Montecristos*.

Esto no es una broma, estos muchachones son muy reales. Tal vez su nombre no es *Jim*, pero con certeza están allí cada vez que usted coge un vuelo a la Habana —si no eres un cubano estadounidense o parte de los pocos privilegiados con una licencia para viajar- y los verás más tarde en las calles de la Habana, recopilando material para sus informes a Washington, sobre *perversos* Reverendos de Ohio, llevando suministros médicos a las familias cubanas pobres.

Más de 80,000 estadounidenses viajaron a Cuba el año pasado, a través de las misteriosas rutas del Caribe y Canadá, pero algunos también legalmente, porque el acoso de pasajeros y la prohibición de viajes está en efecto solamente contra los cubanoamericanos, ya sean ciudadanos o no. Si usted es un hombre de negocios, un profesional, un periodista o tiene un trozo de papel de una iglesia, no te molestan, pero cuidado con la anciana de 82 años que va a visitar a su nieto en Sancti Spíritus. Pudiera llevar un regalo para Castro dentro de su blusa.

Ahora el foco está en Miami. Como usted sólo puede enviar $100 dólares al mes a sus parientes 'directos' en Cuba, degradado a $80,00 después de los impuestos locales, las familias tienen que idear formas ingeniosas a través de las famosas *mulas* para ayudar sus seres queridos.

Cada día decenas de miles de dólares toman diferentes rutas desde Miami a cuentas de terceros países, mejoradas a Euros y transferidas a través del milagro electrónico de tarjetas de débito a manos de otras diligentes *mulas* en la isla.

Entonces por el portento de la inventiva cubana de trenes, bicicletas, caballos y cualquier medio imaginable, llaman a la puerta de una familia humilde como mensajeros de esperanza y alegría.

Pero para nuestro amigo Jim, sus colegas en el Departamento del Tesoro federal y los extremistas de extrema derecha de Miami, eso es peligroso, porque alimentar a los necesitados y ayudar a los familiares es un delito y ahora están expandiendo sus operaciones a las calles de Hialeah y pequeña Habana, a fin de arrestar a quienes participan en este comercio retorcido y por supuesto, ilegal.

No es patético, no es divertido y es muy real, que la política de estos días sea castigar a las personas, separar a las familias y aislar comunidades, en la formas de intimidación con un sentido de odio y temor por lo que aquellos que huyen de la isla persiguiendo la felicidad, se encuentran aquí el verdadero significado de la libertad: algunos somos más iguales que otros.

Arar en el Mar

Noticias como la de hoy, de manifestaciones de domingo, me traen a la memoria las reuniones incesantes con los propietarios de agencias de viajes y compañías de alquiler de aviones (*Charters*) a Cuba para lograr el apoyo financiero de una industria multimillonaria, con vista al establecimiento del cabildeo y de un fondo común para la defensa legal.

Quienes se enriquecieron con la industria de viajes a Cuba –por supuesto, con sus honrosas excepciones- y medraron con un mercado cautivo, pagando lo inconcebible para enviar dinero, paquetes, medicinas o viajar a la isla, nunca entendieron la importancia de salir del closet y utilizar los mecanismos del sistema para defender su negocio.

Hoy, con manifestaciones más dirigidas a llenar titulares de hoy y olvido de mañana, hay grupos con la brújula hacia el Sur y no al impacto en la comunidad, invirtiendo sus horas de ocio en diez minutos de acera, pero eso, mis queridos amigos, es arar en el mar.

Las medidas para reducir los contactos de los cubanos americanos en los Estados Unidos en la isla, no están dirigidas a fortalecer el embargo, ni siquiera a limitar los recursos del Gobierno

22

cubano, pues las instituciones federales conocen de la efectividad del dinero fresco transportado a terceros países por las incesantes mulas.

Estas restricciones se enfocan a la Nueva Emigración cubana, la cual desconocen e ignoran tanto los exiliados de diestra y zurda, desprendimientos ellos de la Revolución cubana y aún con el país de los sesenta en la mollera.

EL PROGRAMA

Desde el año 1975 y hasta 1994, el Gobierno federal norteamericano ha concedido 50,000 visas a cubanos para emigrar a los Estados Unidos y luego de los acuerdos bilaterales, consecuencia de la crisis de Guantánamo, cuando en agosto de 1994 el gobierno cubano permitió las salidas por mar y como consecuencia más de 30,000 personas fueron capturadas por la Guardia costera norteamericana.

Se establecieron entonces los acuerdos bilaterales migratorios que desde septiembre de 1994 admitieron 20,000 inmigrantes anuales, incluyendo 5,000 de los retenidos en los campos de concentración en Guantánamo.

La cifra total es de 131,394 (agosto de 2000).

Estos "acuerdos bilaterales" admitían primero una combinación de inmigrantes, *parolees* (admitidos con condiciones) y refugiados, incluyendo a prisioneros políticos de los 60 y 70. El programa se expandió en 1991 para incluir a los activistas de derechos humanos, miembros de minorías religiosas, profesionales y otros.

Hay que recordar que la inmigración desde la isla desde el Triunfo de la Revolución cubana en 1959 siempre ha sido un factor clave de las relaciones de ambos países, donde en los años siguientes cientos de miles de cubanos abandonaron Cuba, incluyendo los 260,000 refugiados de los llamados "Vuelos de la Libertad" producto de los sucesos del Puerto de Camarioca en Matanzas que fueron trasladados desde el aeropuerto de Varadero de 1965 a 1971.

No hay que olvidar a mediados de los 80 la crisis del Mariel, con el éxodo de 125,000 personas, cuando 10,000 cubanos entraron a la entonces embajada de Perú en la Habana.

Por todo ello se considera que desde 1959 hasta 1980 casi un millón de cubanos (el diez por ciento de la actual población de la isla) se asentaron en los Estados Unidos.

LAS PREGUNTAS CLAVES

El programa de inmigración actual tiene tres preguntas clave, cuales han agotado progresivamente las bases de datos de solicitantes, llevando a la Oficina de Intereses en La Habana a crear un sistema que permite hacer las solicitudes desde Miami e incrementar las opciones de selección de candidatos.

Las preguntas son: ¿tiene un nivel de educación superior a técnico medio? ¿Tiene al menos tres años de experiencia laboral? ¿Tiene familiares residentes en los Estados Unidos? Por supuesto que existen las condiciones médicas y de antecedentes penales.

Este interrogatorio tan sencillo conduce a una selección étnica y de nivel educacional dirigida a permitir una emigración con mayores oportunidades de integrarse rápidamente y a bajo costo a la fuerza laboral del país, pero sobre todo, lo más blanca posible.

En un país como Cuba, donde el mestizaje supera el 70 por ciento de la población y la emigración es en su conjunto blanca, clasificaciones como ésta llevan a eliminar a los negros y los mulatos.

Pero no todo el mundo viene a Estados Unidos legalmente, hay quienes no pueden o no quieren esperar, o no son admitidos y para ellos está la vía de las lanchas, donde se pagan hasta $10,000 por asiento o los verdaderos balseros, cada vez más la minoría.

Según cifras de la Guardia costera y la Patrulla Fronteriza desde 1982 hasta la fecha se han detenido 60,213 inmigrantes por la vía marítima, lo cual no incluye cifras de aeropuertos y fronteras.

POR LO TANTO

Si vamos al concepto de la llamada Nueva Emigración, vemos que en los últimos 12 años, han ingresado a los Estados Unidos 52,607 cubanos por la vía marítima y 131,394 legalmente (hasta agosto de 2001) para un total de 184,001 con esas cifras parciales.

Vamos entonces a especular que en los últimos cinco años esa cifra se ha mantenido al promedio de 18,770 admitidos desde 1994 al 2001 y agreguemos otros 93,850 (2001-2006) a esa cifra para 277,851 en doce años.

Una emigración mixta, de personas educadas en el período revolucionario bajo aquel sistema la mayor parte de su vida, con familiares, relaciones y recuerdos recientes de la isla, además creyentes de la santería (la religión mayoritaria en Cuba) y sobre todo: con una vinculación directa con la isla.

No queremos especular de cuántos cubanos han cruzado la frontera pero sí sabemos que más de la mitad de los de primera generación residente en los Estados Unidos y Puerto Rico tienen un pasaporte cubano o envían dinero y paquetes a la isla, lo cual dice mucho de sus relaciones o intenciones de cortar los lazos con Cuba

LA NUEVA EMIGRACIÓN

Esta es por tanto la nueva emigración que para nosotros supera las 350,00 personas y se han asentado ya no sólo en Miami, sino en diferentes estados de la Unión norteamericana, creando sus vidas y manteniendo sus lazos con sus familiares y amigos en la isla.

No son exiliados, no son enemigos, son sencillamente inmigrantes económicos.

Tan inmigrantes como los 800,000 cubanos que se han asentado alrededor del mundo y tienen fuertes colonias en España, México y tantos otros países del continente y del mundo.

Hacia ellos están dirigidas estas medidas y a los hijos de quienes se asentaron anteriormente, o a quienes han dejado a un lado el rencor y quieren restaurar sus lazos con Cuba.

Esa es la cantera hacia donde hay que dirigir los esfuerzos para cambiar la legislación actual, hacia esos ciudadanos, residentes y cubano americanos en general que sobre todo, no son enemigos, somos todos cubanos.

La palabra de orden no es tertulias y exclusión, sino integración y marcha. Por ello, lo importante es convencer y actuar dentro del sistema al cual hemos decidido venir a vivir y asentar nuestras familias.

La Piñata

La noticia recorre las calles de la Saguesera y los bares de Coral Gables: $80 millones de dólares. Se aprecian vientos de esperanza y olores propios de esfínteres emocionados: los buenos tiempos vuelven y de nuevo nos mojamos en la abundancia.

El derroche del dinero ajeno no es nuevo en la Administración Bush. Si no fuera suficiente una guerra fútil, empapada con la sangre de más de 2,500 jóvenes norteamericanos pobres, negros y latinos, para enriquecer a los socios de la caterva que desfalca al país, ahora esparcen dinero para revivir una momia.

Porque eso es el *exilio histórico* cubano: un cadáver pestilente y vocinglero, al cual mantiene la teta pingüe de la politiquería que sangra al sur de la Florida y ahora, ya no es suficiente con los $25 millones dilapidados en ilusorios grupos, sociedades, comités y representaciones de disidentes y periodistas inexistentes.

Ahora crecemos a inflar la imagen del desprestigio al grado de la calumnia internacional, de la presencia inminente en foros internacionales, del estercolero de las ondas como las estaciones de la calle 8 y por supuesto, la vergüenza de la información, los jimaguas de la Bahía, los mentirosos Heraldos de Miami.

Por supuesto, no toda esa plata cae en saco roto. Parte elemental va a reconstruir los centros de análisis de inteligencia, como el de la Universidad de Miami, donde la fobia y el extremismo han capado la oportunidad al razonamiento en su centro *Bacardí*.

Hay proyectos interesantes por su *cipayismo* desmedido, como el de la *nueva prensa cubana* donde en caso de una ocupación, no muy lejana en el ánimo de los planificadores, se editaría una prensa en Miami para repartirse en la isla, por supuesto, a todo color.

Siempre con el aderezo de estaciones de radio y programas de televisión, exclusivos y depurados para *descontaminar* [SIC del original del proyecto] al pueblo de la isla ocupada.

Faltan algunos detalles, pero ya han gastado cientos de miles de dólares en proyectos, encontrando algunos problemas menores: el acento de los redactores, conductores y llamados periodistas, no enlaza con la sociedad cubana actual.

En las pruebas de cámara, en los textos y esquemas para los programas, trasluce el metálico sabor del odio, ese guiso verde de frustración impregnado por cinco décadas de orfandad en estas generaciones de *nuevos exiliados*, desarraigados de lo suyo y rutinariamente lactados de rencor.

Pero no, ese presupuesto no está enfocado a Cuba, ni siquiera influirá en la realidad cubana. La llamada *disidencia* en la isla alborotará para recibir sus migajas, mientras espera la visa para el infierno, montones de palabras llenarán el éter y páginas nefandas fantasearán las redacciones de Miami.

Las consecuencias las sufriremos quienes pagamos con nuestros impuestos esos millones y continuaremos soportando a esta plaga sofocante, compinche de los *intereses especiales* y políticos escurriendo aquí los presupuestos de ciudades, condados e instituciones, ahogando a nuestras comunidades en carencias y desalientos innecesarios.

No hay que mirar lejos para ver las consecuencias, en cada esquina tenemos flamantes edificios vacíos para desvalijar bancos, arroyos de automóviles en el tráfico sin control, escuelas *provisionales* donde los niños se sofocan en el pantano, mientras los políticos se pasean en sus refrigeradas limosinas de cristales negros.

No señores, no miren hacia la isla, ni piensen en transiciones imaginarias, pues si remozan a esta momia del *exilio histórico,* el aliado natural de las corporaciones, servil brazo de estos politiqueros desmadrados que nos agobian, quienes vamos a sufrir somos nosotros y nuestras familias.

La Piñata no es de millones de dólares, es del saqueo insolente de nuestra sangre y sudor con el propósito de alimentar a esta generación de vividores insaciables y sus acólitos a quienes la política norteamericana, en la magia de su so-

berbia estupidez, depositó en este pantano miserable.

¡Que Dios nos coja confesados!

LOS HOMBRES MUEREN, EL PARTIDO ES INMORTAL (*)

Con respecto a su artículo, *El Partido Vive*, al cual me he tomado el atrevimiento de hacerle algunas correcciones en el español para incluirlo en nuestro modesto tabloide, quisiera, si usted me lo permite Profesor, agregarle algunos comentarios sobre sus ideas.

En primer lugar, estoy de acuerdo con usted en el sucinto análisis del proceso de contracción en las estructuras partidistas cubanas en las últimas dos décadas (aunque el lenguaje de "purgas" no acaba de convencerme), pero quiero señalar algunos puntos al respecto.

Creo Profesor, con el mayor respeto, que usted cae usted en el mismo anacronismo del concepto caudillista de nuestros ancianos próceres *batistianos* locales, siempre fascinados por la figura del Hombre Fuerte y eso, no les permite ver el bosque detrás de los árboles.

La realidad es que existe una sociedad cubana, formada y preparada en estas cinco décadas de Revolución y puede que nos guste o no, pero tienen sus propios líderes, conciencia e ideales. A ellos corresponderá el futuro de una nación de doce millones dentro y dos fuera y no a otro caudillo implantado del exterior, aunque sea finan-

32

ciado (ampliamente financiado diría yo), presentado y apoyado por las bayonetas (aunque ese es otro tema).

Esta fascinación con el Caudillo, el Hombre Fuerte, el Prócer, el Papá de todos nosotros, continúa primando en muchos analistas y estudiosos, a veces más inclinados a complacer a los donantes que a su propio *cacumen*, lo cual no sólo me parece estúpido, si vamos a usar un lenguaje fuerte, sino además tonto.

Apartándonos del concepto *tarúpido* (y es una palabra mía, no está en los diccionarios, pero acomoda a tarados y estúpidos), considero que el Gobierno y las instituciones cubanas están tomando la actitud correcta, contra una Administración fenomenalmente *Tarúpida* en Washington DC.

En tiempos de crisis es vital juntarse, agrupar a los fieles y contar los centavos, estableciendo las alianzas más ventajosas que puedan conducirnos a un futuro, si no tan luminoso como pudiera ser la paz con el vecino poderoso, al menos a una supervivencia honorable.

No creo exista nada imprudente con eso y además, un estudioso como usted, con acceso a información abierta y clasificada, conoce bien la actitud de la Revolución cubana y sus dirigentes en estos casi 50 años, de establecer contactos, conversaciones y diálogos positivos con las Administraciones norteamericanas.

Claro está y estoy de acuerdo en que siempre bajo ciertas condiciones. Por supuesto, siempre hay límites a todo, y en este caso se trata de contactos y conversaciones sobre la base de puntos esenciales, como pudieran ser el respeto mutuo y a la soberanía.

Tampoco podemos ver nada malo en eso. Por ello, sin pretender enmendarle la plana en lo más mínimo, Profesor, quisiera finalizar esta nota de *Los hombres mueren el Partido es inmortal*, como dijera nuestro Apóstol, las ideas siempre triunfan sobre la fuerza.

Por lo tanto no le demos más vueltas al asunto, esto no es un problema generacional o de ancianidades. La Revolución cubana es un hecho. Existe un pueblo educado en sus valores y eso, señor Profesor, no lo derrotan ni Marines, ni billetes verdes.

(*) *Respuesta al artículo El Partido Vive, del profesor Jaime Suchlicki, Director del Instituto de Estudios Cubanos y Cubano-Americanos de la Universidad de Miami, patrocinado por la Fundación Bacardí, entre otros donantes.*

UN PASO ATRÁS
Y DOS HACIA ADELANTE

Las apuestas siguen y mientras, basados en la típica prepotencia y el desprecio por nuestra cultura latina, nuestras raíces y el pueblo cubano, los *analistas* del imperio y sus correligionarios en las *organizaciones exiliadas* de cuatro gatos se agitan pactando con el péndulo.

No hay nada nuevo, si no les funciona la teoría del *palo y la zanahoria*, van a la compra de conciencias y hoy se da otra función del circo con el programa de los $80 millones (¿o eran $85?), da lo mismo, es la misma estafa, tintineando las *treinta monedas* ante los comparsas.

El dinero se repartirá como se hizo con los $25 millones que ya no se dan, entre las organizaciones en el directorio telefónico, el *speed dial* de la inteligencia norteamericana, donde están sus operativos entrenados en el terrorismo violento, tal vez achacosos, pero sin olvidar sus mañas.

Estos recursos van a preparar la invasión, a constituir los equipos de trabajo para los futuros medios de difusión, nutriendo a las computadoras con los programas de entrega de alimentos para plegar conciencias en un futuro pueblo conquistado, luego de la localización, detención y eliminación de los *cuadros contaminados* por la Revolución.

Se prepara un programa de esterilización de la sociedad cubana, a través del aislamiento y la compartimentación de su población, de la destrucción de las estructuras y organizaciones internas para alcanzar la dependencia total del agresor, ese invasor que controlará con hambre y miserias al pueblo doblegado.

Pero tantas computadoras y planes no toman en cuenta el espíritu, la conciencia y la educación del pueblo cubano, el cual ha sabido mantenerse durante casi 50 años frente a un enemigo que ninguna batalla épica de *Davides* y *Goliaths* haya podido emular.

Es de tontos pensar que va a haber tregua alguna con el imperio y sus acólitos. No hay *pieles de oveja* suficientes para enfundar los colmillos de estos lobos. En su frustración y su odio, cultivado durante estas cinco décadas, sólo con la sangre de los valientes se saciarían.

La hora es de unión y vigilancia. El momento es de fortificar nuestras ideas, compromisos y lealtades.

Hay un relevo seguro pero la quinta columna reside en nosotros mismos, en nuestras debilidades y dudas, en reproches y rencillas. Todo puede resolverse entre cubanos, pues lo sufrido es historia y si nuestras vidas se oxidaron en las fronteras del odio sin un lamento, ahora no es momento ni de parpadear.

La Patria es ara y no pedestal.

LOS CAMAJANES

Recuerdo a un ex-agente federal, atípico gringo, pequeño, de espejuelos, ojiazul y pelo gris, con la cobertura de "agente de bienes raíces radicado en el área de Virginia", cerca de Washington DC, de apellido que no recuerdo y de nombre Jack.

"La izquierda no esté en la guía telefónica, es más fácil hacer negocios con los otros", me dijo una noche de café aguado en un vuelo nocturno Washington-Miami. "No es fácil trabajar con quienes no conoces...".

Y de veras ese es un mal que no solamente sufren los "funcionarios" como Jack, sino los periodistas norteamericanos –con sus honrosas excepciones-, quienes con su educación de bolsillo tratan de computarizar realidades, más allá de los quince minutos de fama.

Hoy se hace mucho escándalo sobre las decenas de millones prometidos por la Administración Bush para el apoyo a la *transición* cubana y esa, señores, es una que nadie se cree, ni en la Saguesera, ni o los agitados bares de Coral Way.

Los cientos de millones de dólares del contribuyente destinados a la fascinación de las administraciones norteamericanas por el derrocamiento de la Revolución cubana, han ido a regar el estercolero humano que constituye el llamado *exilio cubano,* alimentado con *camajanes* de nueva hornada, un soplo renovador al sur de la Florida.

Estos especialistas en vivir del cuento y el pan ajeno inventaron decenas de organizaciones y páginas Internet, son sus boletines, conferencias y hasta huelgas de hambre, las cuales no van más allá de un garaje adaptado como oficina en el *southwest* o una oficinita en un *mall* de dos por tres.

Por supuesto, hay grandes fortunas producidas por estos dineros.

La *payola* y el *chantaje* a los políticos, las venales instituciones legales y la prensa del sur de la Florida, han dado su fruto en riquezas de cuento para unas 100 familias, cebándose de una de las comunidades más empobrecidas de los Estados Unidos.

Solamente desde 1966 más de $50 millones de dólares han destinado diferentes instituciones federales norteamericanas, desviando recursos de programas sociales y educacionales necesarios, con el objetivo de suministrar a la *oposición* en Cuba, desde computadoras, entrenamiento, hasta alimentos, hasta sencillamente dinero en efectivo.

Pero, en palabras de los propios destinatarios de ese dinero, como Elizardo Sanchez: se trata de un esfuerzo "contra productivo" con mucha "retórica imprudente de Washington y muy pocos resultados prácticos".

El señor Vladimiro Roca, otro prominente *líder opositor* se quejó a la prensa de que solamente una mínima parte de ese dinero llega a la isla: "Lo que nos llega es muy poco", dijo. "Hay que cambiar esto en lo fundamental"

Los dineros destinados a programas de instituciones como la Universidad de Georgetown ($400,000) para estudios de familias y amigos de *disidentes*; el de entrenamiento para campesinos de la ACDI/VOCA, han sido fiascos descomunales, al menos reconocidos como fracasos.

Gran parte de esos recursos se destina a pagar costosas conferencias y encuentros en hoteles de lujo de Miami para elaborar un futuro, limitado al papel en que se imprime y a los costosos bares abiertos para consolidar ideas de la próxima reunión.

Sin embargo, instituciones federales como el Departamento del Tesoro, preocupado porque las familias cubanas no puedan visitar a sus familiares en tres años, o enviarles más de cien dólares al mes de su propio dinero, se niega a dar información sobre las instituciones con licencias para enviar esa supuesta ayuda a la isla.

Otra agencia federal, la USAID destinada al "Desarrollo y la cooperación internacional", no comenta sobre el uso de esos fondos bajo su administración.

¿Cómo llega el dinero y los recursos a esos *disidentes*? Como el caso de la *Nacional Endowment for Democracy*, cuyos fondos principales vienen del congreso norteamericano: a través de *mulas* (contrabandistas enmascarados como viajeros) en un tráfico absolutamente ilegal en ambos países.

Un ejemplo, tomado del reporte de impuestos de una de estas organizaciones: *Acción Democrática Cubana*, de un presupuesto de $366,758 entregado por la USAID en el 2004, destinó solamente $88,059 a la ayuda humanitaria y su propio director, Juan Carlos Acosta (también al frente de *Net for Cuba International*) justificó los costos con las llamadas telefónicas a la isla y dijo haber pagado $120,000 a las llamadas *mulas* para transportar la ayuda.

Estos al menos dicen algo. La mayoría de estas organizaciones de *cuatro gatos* ni siquiera se molestan en hacer declaraciones, están demasiado ocupados gastando los cientos de miles de dólares asignados para la *payola* a las instituciones *exiliadas* en el sur de la Florida, Nueva York y Puerto Rico.

Si uno se toma el tiempo de revisar los directorios de estas organizaciones, verá los nombres de personajes vinculados desde los años 60 a operaciones de espionaje, terrorismo y violencia no solamente contra Cuba, sino en territorio norteamericano y de otros países.

O sea, están en el directorio, esta vez no de la política, pero sí de las nóminas de la inteligencia norteamericana.

Creo que el señor Jack tenía razón, ellos trabajan con quienes tienen en el directorio y los alimentan bien: hagan cola señores, tal vez les toque algo de las treinta monedas.

EL FÉNIX

Un político cubano de la época pre-
revolucionaria nos apodaba pueblo de chicha-
rrones y café con leche y en verdad, la vergonzo-
sa muestra de falta de juicio y *chusmería* frente
al restaurante *Versalles* de la calle Ocho en el
South West de la ciudad de Miami, es argumento certero.

Aunque a decir verdad sería mejor enmendarle
la plana a Orestes Ferrara, pues ahora somos
una comunidad de cortadito y croquetas, apa-
reados frente a un restaurante como tribuna de
ideas.

El hábito de ir tarde a comprar pan cubano, esa
deliciosa enjundia de manteca de puerco empa-
vesada con mantequilla derretida, el cual sólo
encuentras en lugares como el *Versalles,* a las
impredecibles horas de la jornada cotidiana, se
ha visto estorbado en las últimas horas por un
enjambre de camiones de televisión, fotógrafos y
carpas de periodistas.

Todos ellos desplazados con un objetivo común:
capturar a un *exiliado cubano.*

Si bien no he tenido la oportunidad de ver uno
en largo tiempo, a ser sincero nunca, tengo la
esperanza puesta en que esos jóvenes experi-
mentados, bien equipados, pero sobre todo, espe-

ranzados colegas, capture a alguno y esa persona mítica pueda, ante las cámaras expresar las razones de la existencia de su raza sublime.

Hasta ahora por las reseñas de la radio de Miami no me ha sido posible dar con él y debo confesar: parte de mis incursiones al *Versalles* están dadas por el mismo interés de las hordas de turistas cotidianos, deseosos de captar en los lentes de sus cámaras digitales, ese pedacito de historia de Miami, aparte de *suvenires* de falsos habanos y las baratas guayaberas *Made in China*.

En la televisión salen desde ayer los personajes ordinarios de estas áreas pobres como la *Saguesera*. Señores maduros (bien maduros) de pelo y bigotito en retinte negro, con sacos oscuros, apropiados para el clima asfixiante de la Florida y hombros espolvoreados de caspa.

Otros de húmeda mirada torva, como quien oculta deudas y mantiene los pies bien en la tierra para la arrancada fácil, siempre profusamente adornados de anillos, relojes y cadenas de oro con imágenes de la virgen, a la espera de algún turista perdido que malgaste una foto en su cara de rata.

Y por supuesto, están los loquitos del barrio, quienes más allá de la miseria y la frustración, rindieron la realidad ante sus quimeras, tras la larga espera de la muerte de un hombre para vivir su vida.

Espero cada día encontrarme a ese *exiliado*, apeándose de una *guagua* en medio de una nube de vapor húmedo de aire acondicionado, fuerte y orgulloso en sus ideas y lo veo apañado a lo Liborio, de sombrero, guayabera y polainas, canoso y estriado de mil batallas, dispuesto a defender con argumentos feroces las ideas de su raza, o al menos así lo pinta la radio local.

Pero no, en estos días, las cámaras traen el mismo *reguero* de frustrados mortales, los mismos deshechos viles de cada día en estas aceras, bufones ajados por las miserias de Miami, con la pátina del olvido en sus pelajes.

Más no hay que desmayar, esto pasa, como tantos otros sucesos de este lugar y tal vez mañana, cuando sólo queden cables olvidados, envolturas vacías de rollos fotográficos y basura reporteril, pueda uno volver a su rutina de emigrado y apaciguar la nostalgia con el sabor del pan cubano de la *Saguesera*.

¿Quién sabe? Tal vez la recompensa descienda de una nube y aparezca el *exiliado desconocido*.

Ese, ese sí, sería un acontecimiento.

Ser o no Ser

Me advertía una de mis bellas profesoras de sicología, allá en las refrescantes aulas de la Universidad de la Habana, de los peligros de la ilusión. "Ilusionarse con algo es malo", decía con aquella media sonrisa imperdonable: "la vida siempre tiene una forma exquisita de apearte a la realidad". Exquisita era ella, estúpido su marido, pero esa es otra historia.

De nuevo nuestro inteligente trío de congresistas federales nos ha dejado desnudos y en el tejado caliente. Al menos al llamado "exilio cubano".

Fidel esté vivo y coleando, celebrando su cumpleaños 80. La transición está a pleno vapor en Cuba y la política de Washington está dirigida a satisfacer los intereses planteados por nuestros prohombres congresistas (perdonen los gays y las lesbianas, pero uno nunca sabe) a nombre de sus constituyentes: eviten otro Mariel, repartan más dinero y perdonen nuestros pecados contra el Medicaid y el desfalco al dinero público en el sur de la Florida.

Ahora sí que hay que estar atentos, porque la invasión viene pronto y está dirigida al asalto sin cuartel al dinero público, es decir a los impuestos que usted y yo pagamos.

Hay quien no está de acuerdo en que digamos estas cosas. Eso nos cuesta lectores y suscriptores, pero no seríamos éticos si evitáramos decir lo que le molesta a algunos. Nuestra profesión nos obliga a decir lo que pensamos y basarnos en lo que podemos comprobar.

Cuando uno se enfrenta a un crimen, siempre la solución más directa para encontrar al culpable es buscar quien sale beneficiado con esa acción.

¿Y quiénes han salido beneficiados en los últimos 50 años con la guerra incesante contra el dinero público destinado a la *Guerra contra Cuba?*

Las 200 familias que controlan a esta comunidad. Ellos no estuvieron en el circo montado en el Versalles, donde se vendieron miles de banderas y pullovers y consumieron otras tantas croquetas y pastelitos de guayaba.

Ni siquiera han ofrecido una plataforma para aprovechar la situación a favor de la causa que ostentan: *la libertad de Cuba.*

¿Saben por qué? Porque lo único que quieren liberar es nuestros flacos bolsillos. No hay interés en estos congresistas y sus jefes en traer dinero para nuestra comunidad. No hay interés en nuestros *prohombres* en mejorar el nivel de vida, el transporte, la vivienda asequible, la educación y otros tantos problemas que tenemos.

Su único objetivo es deslumbrar a los tontos con la capa roja del comunismo y moverles otros diez años más la espera para un cambio en su futuro, ya que el presente es de por sí demasiado amargo y cruel para todos.

Sigan siendo carneros, sigan permitiendo que los arreen de un lado a otro y los esquilmen estos personajes que se han hecho multimillonarios con el dinero de impuestos que tan duramente pagamos. En definitiva ustedes nunca serán libres: son tan cipayos que se olvidaron hasta del sabor de la dignidad.

MÁS DE LO MISMO

Lo confieso, hace mucho perdí el respeto por el egregio teórico del exilio cubano, el cual desde las alturas de Madrid predicaba la contrarrevolución apuntalado con jugosas subvenciones de la CIA. Ahora devenido Miamense frustrado, siempre buscando la *payola* ya perdida en Europa, la cual, aunque limitada, se sigue esparciendo por aquí. A quien prefería ser cabeza de ratón allá que cola de león aquí, ahora le toca ser cola de ratón en esta finca con semáforos.

Pero, el final de la Conferencia de las Americas ha sido perfecto con su presentación. El Miami Herald, uno de los periódicos mas racistas y reaccionarios que he conocido, quebrada su confianza con los lectores del sur de la Florida por sus respaldo a los grupos de interés que han destruido la calidad de vida de esta comunidad y parcial con quienes promovieron el despedido de colegas que intentaron exponer las estafas y componendas políticas del área, no podía tener mejor orador que este ilustre personaje.

Hace anos compartimos un programa radial de Bernadette Pardo, él decía desde París y yo en pleno Miami. Su descalabro fue tal que no se presentó a la revancha del siguiente día. Pero me costó caro: uno de los próceres de los 60, desertor entonces y traidor persistente, admirador apasionado de Don Carlos Alberto, se esmeró en destruir el financiamiento de nuestro periódico La Nación Cubana y levantar una ola de calumnias en mi contra, tan perfecta, que sus ecos aun resuenan en La Habana.

Pero volviendo al discurso de 15 páginas a dos espacios de la Conferencia, Montaner se enfocó en complacer al 'exilio' histórico batistiano y recordar los años iniciales de la Revolución con los errores de la década de los 60. De la actualidad copió las páginas recientes de El Nuevo Herald: la situación económica en Cuba es difícil, se reubica medio millón de trabajadores hasta llegar al 10% de la fuerza laboral, hay opiniones diversas dentro de la sociedad cubana -esa idea es muy original-, se abandona el paternalismo y estimula la producción..., y algo más: Raúl está en el poder y Fidel se recuperó.

Este regreso al 'batistianismo' de Montaner, como hijo pródigo regresando al redil después de sus años en Madrid lo muestra como lo que es y nunca fue: un amanuense fuerte en Google y siempre sintonizado a la fuente del billete.

Don Carlos, un consejo para su discurso improvisado y sin soluciones: usted y muchos como usted no tienen idea de lo que sucede en La Habana, porque siguen apostando a la Apocalipsis y apuntalando al Muro de las Lamentaciones de Miami, base de sustento durante 50 años, pero la Revolución sigue, el pueblo cubano encontrará su camino, como en el pasado y sobre todo...sin ustedes.

Una lamentable pérdida de tiempo este mediodía, allá los que pagaron $100 dólares por comerse una pechuga de pollo fría e insípida y espantarse sus 30 minutos de sandeces.

DEL ALACRÁN, LA COLA

Cuando Fidel Castro imprecó al reportero de Miami Juan Manuel Cao sobre quien le pagaba por hacer las incisivas preguntas en una improvisada conferencia de prensa de Buenos Aires, este respondió que era periodista, pero en realidad no lo es, ni tampoco los cientos de improvisados que llenan el éter, las redacciones de las emisoras y los periódicos locales.

Ellos son a los quien bien calificara el entonces alcalde de la ciudad de Miami, en el comité de Libertad de Expresión de la Convención de la Asociación Nacional de Periodistas Hispanos: "la mafia de Miami", les dijo entonces y bien que les pega el mote.

Ellos, como los políticos y prohombres de la exaltada comunidad exiliada cubana, son consecuencia y herederos directores de la marea batistiana que en los años sesenta se estableciera en el sur de la Florida, la cual, como un cáncer apestoso, se esparce hoy por negocios, instituciones públicas y por supuesto, la prensa local.

La teoría de la impunidad probada sobre la base de la falta de acción por las fiscalías del área, han dado como consecuencia ese concepto de que cualquier cosa es posible y la corrupción ha llegado a niveles tan increíbles en esta parte del país que los servicios públicos carecen de lo elemental, las escuelas tienen condiciones insoportables y la desorganización vial es evidente a cada hora del día.

Los escándalos multimillonarios del robo al dinero público no son perseguidos por la justicia, como los prohombres que en unos pocos anos acumulan cientos de millones de hombres son destacados por la televisión local como "nuestro orgullo", mientras que en las gavetas de la fiscalía acumulan polvo las pruebas de lavado de dinero, sobornos y delitos sin fin.

Ahora el Miami Herald descubrió que estas personas a las cuales despidió por conflicto de intereses recibían dinero federal mientras eran sus empleados. Gran cosa. Esto sucede a todos los niveles de la prensa de Miami, comenzando por Univision y sus estaciones.

¿De dónde creen que han salido 2,000 millonarios y multimillonarios cubanos? ¿Del trabajo honrado y cotidiano?

¿A dónde han ido a parar los presupuestos de cientos de millones de dólares sacados del presupuesto federal para programas dirigidos a la liberta de cuba?

¿Donde están los billones de millones de dólares de la lotería tomados de los magros bolsillos de los pobres y los ancianos en la esperanza ilusa de salir de la miseria?

¿Quien tiene las cantidades inmensas de un condado como Miami-Dade con un presupuesto mayor que todos los países del Caribe y Centroamérica juntos?

52

Estos periodistas en la nómina de la *payola* no han hecho más que seguir la tendencia de una comunidad marcada por la inmoralidad y controlada por el odio. Pero el Miami Herald debía de mirar mas adentro y preguntarse quienes han sido los culpables de que se haya convertido en un periodico comprometido y timorato.

La moral no se predica en calzoncillos y el fondo de todo es este grupo corrupto y amoral que controla vidas y haciendas en esta parte de los Estados Unidos.

No Hay Arreglo

La frase cubana describe la situación actual de las relaciones Cuba-Estados Unidos, donde de nuevo se prolonga el impasse entre los dos países, sin una solución visible a las tensiones y el aislamiento entre los dos gobiernos, lo cual data por cinco décadas y no da visos de finalizar, aunque en el aspecto comercial, se incrementen las compras cubanas de alimentos a compañías norteamericanas hasta un billón de dólares en apenas seis años.

Sin embargo no hay, ni se avizora, un *terreno común*, no si para las relaciones al menos los contactos entre la actual Administración republicana y el Gobierno cubano.

¿Raulismo?

A pesar de las declaraciones y los estudios de *cubanólogos*, no hay base cierta en que la cesión de responsabilidades a Raúl Castro por su hermano Fidel, vaya a provocar un cambio en el sistema de partido único y economía centralizada que ha perdurado a 90 millas de las costas de la unión americana.

Atentados personales, campañas internacionales, bloqueos navales y un embargo económico de cuarenta años no han hecho mella en el rumbo de la Revolución cubana y a pesar de la difícil situación económica que ha agravado la existencia del cubano común, Fidel Castro sigue en el poder y con achaques y males de salud, continúa al timón del país.

No se puede culpar a las Administraciones norteamericanas de intentar todo lo posible en el arsenal legal e ilegal para cambiar el destino de Cuba. Desde la invasión de Playa Girón (o Bahía de Cochinos) hasta los contactos secretos entre emisarios y las cientos de visitas de senadores, congresistas, gobernadores, funcionarios y hasta periodistas y hombres de negocios, en lleva y trae de mensajes y señales.

Sin embargo, como dije anteriormente, no existe un terreno común para, sino al menos llegar a un arreglo, intentarlo, con conversaciones y discusiones entre diferentes niveles de gobierno, pues no existen puntos de contacto, sino planteamientos para la controversia y el alejamiento, donde las partes no moderan el conflicto.

EL EXILIO HISTÓRICO

No podemos olvidar el papel del grupo político dominante de la comunidad cubano americana, representado por tres congresistas y dos senadores en las instancias federales, sin contar las decenas de otros políticos en los niveles estatal y local, o los miles de funcionarios en las diferentes instancias de gobierno, ha contribuido a bloquear iniciativas dirigidas al entendimiento y más recientemente los viajes culturales y académicos que pudieran contribuir a este esfuerzo.

Sin dudas quien más ha sufrido con este bloqueo de viajes y contactos han sido las familias que tratan de ayudar a mitigar la situación económica de los suyos en la isla, las cuales sólo pueden viajar legalmente a Cuba una vez cada tres años y esto en viajes extremadamente costosos que pueden alcanzar los miles de dólares en documentación, pasajes aéreos y la ayuda que llevan.

El castigo por parte de quienes ostentan el poder político en la comunidad, a los sectores más humildes dentro de la reciente inmigración cubana, ha creado una división insalvable, entre los que llegaron en los años 60 y sus descendientes, mas quienes se han unido a su línea de extrema en los últimos años y crea un precedente peligroso para el futuro político de sus voceros y representantes, cuando en las urnas les pasen la cuenta cuando estos emigrados recientes se conviertan en ciudadanos.

MILITARIZACIÓN DEL TURISMO

Del otro lado tampoco ha existido una respuesta positiva a estos intentos, pues como un reflejo lógico a la política de agresión y presiones por parte de las administraciones norteamericanas y su respuesta pública de apoyo a las tendencias más agresivas de la extrema derecha de la comunidad exiliada de Miami, se ha endurecido la política contra los visitantes y los posibles acercamientos.

Los contactos con sectores mas moderados de los cubanos en el exterior han ido decreciendo, así como el interés por la promoción de viajes familiares, académicos y de instituciones o grupos religiosos o profesionales desde los Estados Unidos y otros países, como parte de la reducción drástica del turismo a la isla, *militarizado* en el control del ejército de las instituciones que organizan y desarrollan los viajes.

El turismo y las visitas de los *comunitarios* cubano americanos no representa para Cuba en la actualidad el mismo ingreso importante que en el pasado, pues los gastos de suministros importados para mantener la actividad turística en funcionamiento, no ameritan los resultados de las lucrativas ventas de níquel (la isla tiene las cuartas reservas del mundo), los pagos por derechos de perforación petrolera en la zona cubana del Golfo de México y el llamado plan *Milagro* costeado por Venezuela donde cientos de pacientes latinoamericanos vienen a recibir tratamiento en centros de salud cubanos.

La enfermedad de Fidel

La crisis de salud de Fidel Castro, a la cual la prensa norteamericana dio la lectura de explosiones callejeras en la calle 8 de Miami, mostró la realidad del sentir de una parte del exilio cubano, hastiado de políticos cuyo único programa es el enriquecimiento con el pretexto de Cuba y puso en la calle la verdadera intención de los cientos de miles de emigrados de la isla: la prosperidad económica de ellos y sus familias en una Cuba diferente.

No hubo una plataforma ni un plan en esas demostraciones, porque no existe en la comunidad cubanoamericana un grupo político con un objetivo que sobrepase el enriquecimiento con el dinero federal asignado para la *libertad de Cuba* o las presiones políticas para obtener lucrativos contratos y concesiones de las ciudades, condado y estado, sin contar los presupuestos federales para la atención a los ancianos, provenientes del *Medicaid.*

Para ellos el destino de Cuba es dependiente de su beneficio local y la pregunta es ¿de dónde han salido las fortunas de los 2,000 multimillonarios cubanoamericanos? Busquemos en los presupuestos de Gobierno y los contratos facilitados por los políticos exiliados, ahí está el esforzado combate por la libertad.

NO HAY ARREGLO

En conclusión, nos encontramos con el regreso al mando de un Fidel enfermo, el cual puede desde su silla de convaleciente extender el rumbo actual por cinco o tal vez siete años más de un país en una ola temporal de beneficio económico que no depende en lo general de recursos naturales e inversiones que garanticen una estabilidad a largo plazo y a la vez en uno de los momentos más bajos de las posibilidades de contacto y flexibilización de la política de contacto entre los dos países.

Esto, a quien afecta en lo general es a *Liborio* o al cubano de a pie, a sus seres queridos en los Estados Unidos tratando de mantener los contactos y ayudarlos a paliar su situación económica y en definitiva al futuro de las relaciones de los dos países, sostenido en el limbo de la retórica y los intereses mediatos, sin un futuro cercano de normalización de una situación irracional de medio siglo.

Empecinamiento, soberbia e intereses políticos mantienen esta situación que no tiene una posibilidad inmediata de solución y a que a quien afecta es al cubano normal.

Señales de humo

Como todo niño latinoamericano, en uno de los períodos de mi infancia, quise ser *cowboy* o vaquero, si quieren.

No fue hasta cuando me radiqué en los Estados Unidos y pude visitar las comunidades indias, conversar con los nativos y comprender la realidad de su historia que comprendí el tamaño de la mentira y cómo el discurso, cual tinta venenosa, desborda las fronteras.

La nación americana fue creada sobre la violencia y la imposición de una civilización rapaz y sin piedad contra los ocupantes originarios del continente.

El estilo podrá ser otro, pero el concepto perdura.

La política del palo y la zanahoria, la siembra paciente y gradual de los medios de la supremacía del suculento consumo contra la ardua educación, es un arma efectiva en este mundo global.

En estos tiempos, muchos colegas publican opiniones de ubicuos jóvenes cubanos en las aceras a su alcance, expertos ellos en marcas y productos extranjeros, deseosos de tener, sin mencionar el valor de producir.

Detrás de estas distorsiones puede estar el facilismo del reportero, su visión inmediata –no creo ni practico la imparcialidad-, o las limitaciones que para viajar a la isla tienen muchos colegas.

Les preguntaría: ¿quién hace funcionar ese país entonces? ¿Quiénes vagabundean, mercadean o jinetean en la calle el *chavito* nuestro de cada día? ¿Tal vez los niños en su escuela o los ancianos de los parques?

No, señor, son los denodados obreros y técnicos cubanos operando las maquinarias de luz y pan, son quienes atienden la salud de todos. Son, además, esos campesinos linces en la cosecha, no tan abundante como ellos quisieran, pero sí alimentando a muchos.

Y no olvidemos a la tropa protegiendo fronteras y cuidando calles.

Somos en fin, todos y cada uno de nosotros, el pueblo cubano.

Percepción no es realidad, la forma de exhibir la verdad por quienes ejercen la política e incautan el poder de sus dueños, es arenga y coartada, no garantía de honradez.

Sin respeto a la familia cubana, derrumbe de muros, cónclave abierto y libertad de prisioneros sin causa, no habrá país, ni futuro posible.

El poder radica en el pueblo, en la familia, en el sudor de la creación y de la espada gentil resguardando a la vida, pues todos y cada uno de nosotros somos la nación cubana.

Hasta la Victoria Siempre

Por más electrónica que te rodee, más aire condicionado que te envuelva, muros de los estúpidos, esta canción de Laura Pausini me recuerda mis calles de siempre, mi Patria de nunca, lo que es y lo será la canción de mi viaje y el final de todos.

Mi momento más triste al dejar La Habana fue abandonar, en mi escaparate rosa de niño, traído en el camión ilustre manchado del sudor, la sangre y el zumo del azúcar de todos, de mis compañeros vanguardias nacionales del transporte y la zafra, de mi Pinar del Río natal, mi uniforme azul y verde de miliciano.

Pero, no se equivoquen los escaladores, para mi generación, el ser revolucionario va más allá de tristezas y de escasez, de hambre y de enfermedad, inclusive de *teque* y palabras vanas.

Mi país, mi esperanza, mi Patria, viven en cada uno de nosotros, en esos Cinco que no se rinden ante murallas y ofensas. Que no aceptan sobornos ni prebendas. Ese es el ejemplo, es la juventud cubana que fuimos, es quienes nos revelan en la distancia.

Ni esos vendidos allá, ni ustedes los de acá vendidos por lentejas, se merecen ser cubanos.

Ahora es el momento de ser libres, es el minuto de la verdad, porque el valor SI se prueba ante el combate y la virtud ante la vida.

Hasta la victoria siempre, Che, porque has hecho la generación del siglo XXI y todos estamos aquí por ti y ante lo que venga. El plomo no puede con las ideas.

Seguimos siendo revolucionarios, cada minuto de nuestras vidas.

EL MEJOR DE LOS MUNDOS POSIBLES

No quiero sentar cátedra de filósofo. Ni siquiera pretendo exaltar cualidades de pensador. Sencillamente ejercer el criterio, aplicar el cacumen al sentido común, el menos común de todos en estos tiempos.

Dejemos volar la imaginación y pensemos que por un lado nos enfocamos en *la concreta* como se dice en el argot cubano contemporáneo e imaginemos que se tomen decisiones en la isla para poner a producir los campos.

Pensemos que podamos dejar a la gente sembrar los tomates y criar las gallinas que puedan mejorar la magra dieta del cubano y —por supuesto con el mayor respeto posible que el tiempo y la distancia me permiten- me atrevo a sugerir que se les cobren impuestos por eso, pero se les permita, bajo las regulaciones y leyes vigentes o las que aparezcan, venderlos libremente a quien tenga con qué pagar.

Admitamos que, siempre bajo las leyes y costumbres del país, se decida dar una amnistía a quienes cometieron delitos y sobrecargan las cárceles, siempre con una condición básica: que no le compliquen la vida a quienes viven en calma en la sociedad y al menos tengan un trabajo

64

decente para ganarse el pan, o si viven del pan del de enfrente, que se muden a 90 millas a vivir con él.

Abramos el banderín y el aguante a las ideas diversas y creemos cerca del aeropuerto, en Boyeros, otra finca para el dislate, donde impere el multipartidismo y las opiniones diversas, desde la libertad irrestricta para los caimanes, hasta la diversidad de los colores urbanos.

Por supuesto, siempre al finalizar la jornada laboral y cumplir las tareas domésticas.

Nos queda otro pequeño punto y es el de la *libertad de expresión*: creemos una publicación, bien preciada para ser comprada y financiada por quienes la lean, donde se recojan todas estas ideas exotéricas, escolásticas o hasta cotidianas: por supuesto, en papel reciclable y certificación de que las tintas no sean contaminantes o tóxicas, o al menos, si no llegamos a tanto pudieran ser laxativas y así promovemos el multiuso.

Creo que con todo eso llenamos el menú de la sociedad ideal.

Ni de un Lado ni del Otro

Hace tiempo, tan lejos en el recuerdo, cuando dejé de escribir para complacer y eso se lo dije apenas fresquito en esta ciudad a Jorge Mas Canosa, cuando en su oficina del South West, decorada con fotos de sus relaciones políticas, me ofreciera ser Editor de este periódico: "lo voy a comprar y puedes contar con ese trabajo..."

Pero no es fácil cambiar tu forma de ser y como me dijera aquella, mi maestra, Moravia Capó, enterrada en esta ciénaga de la angustia: "el precio del honor que se vende es superior a lo que vale...". Se ganaba la vida aquella viejita escuálida dando clases particulares en su apartamento frente al parque Colón, allá en mi pueblito pinareño.

Pero no escribo esto –mi tercer artículo aquí en casi 20 años en esta finca con semáforos- para *El Nuevo Herald* por los recuerdos, sino porque aquellos polvos de mi tierra trajeron estos lodos de la radio aquí y como consecuencia la actual reyerta entre sirios y troyanos, o judíos y cristianos, ¿izquierda y derecha?, o como se les ocurra en este pueblo tan dado al *nombrete* y al relajo.

Quiero reconocer ante todo mi culpabilidad. Esa Radio Miami resonando en las ondas la organicé y el plan de Radio Progreso en Internet también, hace años. No tengo nada que ver con el Sr. Edmundo ante quien me descubro por su talento artístico: saltar de la derecha a la izquierda, sin tocar el centro tiene mérito. Me quito el sombrero -si lo tuviera- ante ese don.

Señores: los ataques a las agencias de viajes y compañías chárter por anunciarse en determinados programas no tienen nada que ver con los principios, o el estilo de conductores, productores o emisoras: es un problema de dinero. Sencillo: el mercado no crece y la competencia es fiera, así que todo se vale.

Durante décadas, impunemente, agencieros y *charteadores*, exprimieron a la comunidad cubana moviendo los precios en la medida de su ambición, contando con un mercado cautivo dependiente de ellos para hacer llegar a sus seres queridos el dinero duramente ganado, los humildes paquetes de esperanza o simplemente viajar a la isla.

Las autoridades federales se han hecho de la vista gorda ante operaciones abiertas de lavado de dinero, fraude al fisco y la violación cotidiana de las regulaciones al permitir casos como la operación fraudulenta de algunos Charters con los llamados *talibanes* de los viajes a Cuba, malhechores que hasta desde el maletero de su auto venden pasajes, recogen dinero y paquetes y estafan miserablemente a la familia cubana.

No me entiendan mal, nadie está limpio de culpa y no soy juez, sino parte de esta industria, pero sí quiero hoy tirar la primera piedra.

Es hora de que exijamos todos a las autoridades federales, estatales y locales que actúen contra los malandrines, estafadores y miserables depredadores de la familia cubana, con una vara sencilla y justa: apliquen la ley y las regulaciones establecidas. No hay nada por inventar, ni nuevo a crear.

Y por cierto, no se preocupen cuando alguien se encarama en uno de estos cajones de bacalao radiales y la emprende con insultos, medias verdades y calumnias contra otro. Es la vil envidia y el hecho simple de que aquél recibe —o piensa él que recibe- más billetes.

¡Y ahora hablen de mí!

BYE BYE CUBANITO

Las recientes revelaciones de multimillonarias estafas de clanes cubanos del *exilio histórico*, asentado en la Florida desde los años 60; el recorte de los más de $100 millones de dólares anuales otorgados por el Gobierno federal para sustentar sus organizaciones políticas desde el triunfo de la Revolución cubana en 1959 y las inesperadas renuncias de los políticos cubano americanos Melquiades "Mel" Martinez (Senador) y Lincoln Diaz Balart (Congresista), confirman su agonía no por anunciada menos esperada.

Trasplantados con abogados y doctores, miles de personajes políticos y sus acólitos de la sangrienta dictadura de Fulgencio Batista (a quien el Gobierno federal norteamericano no admitió en su suelo), se radicaron en Miami y participaron desde entonces en cuanta aventura sangrienta las instituciones de inteligencia y los peores intereses de la sociedad norteamericana crearon: léase los *plomeros* del Watergate, la invasión de Playa Girón y el Golpe de Estado contra el presidente Salvador Allende en Chile.

Durante décadas fueron venciendo la resistencia de las diferentes comunidades originarias en el área hasta que enriquecidos con el lavado de dinero del trafico de drogas y la ayuda federal para sustentarlos, comenzaron a vincularse a la política local, primero y luego estatal y federal para implantarse como seguidores implacables de los peores intereses ultra conservadores, racistas y anti migrantes de la sociedad norteamericana.

Pero todo lo bueno se acaba, el país se renueva y ante el descontento popular y la interminable crisis económica extendida a todo lo largo de este inmenso territorio, este dique reaccionario comienza a desmoronarse, sin el apoyo de sus instituciones matrices, develándose uno tras otro sus delitos a todos los niveles.

No hay esperanza para ellos, sólo el basurero de la historia. Al menos cientos de miles de inmigrantes cubanoamericanos, sobreviviendo en las precarias condiciones laborales del sur de la Florida, pueden regresar a Cuba para el rencuentro familiar y la compasión de la atención médica gratuita, pero estos miserables, sólo quedarán como el amargo recuerdo de una generación que destruyo un país, provocó una revolución y aquí, con el chantaje y el robo se enriqueció a la sombra del poder imperial.

Bye bye Cubanito. El tiempo se te terminó.

SR. OBAMA:
¡PARA CUBA YA ES HORA...!

Confieso que el lema no es mío, es del llamado "exilio histórico", hoy exhausto por la carencia de líderes capacitados, la falta de planificación y la miopía política -o el cipayismo radical- dejando decidir al Gobierno norteamericano, con medio siglo denunciando y cobrando las decenas de millones de dólares del dinero de los contribuyentes destinados a alimentar la disidencia cubana y en realidad fuente de los 2,200 millonarios cubanoamericanos.

Vistiendo el manto de víctima por 50 años estos personajes con programas de radio, publicaciones y amplia red de negocios publicitarios -expandido a la Internet en los últimos años- han creado un medio de vida que hastió a las estructuras del Gobierno federal y en el último periodo fiscal de George W. Bush se interrumpió drásticamente el flujo de fondos.

Hoy en día no existe en Miami un liderazgo ni un enfoque más allá del enriquecimiento personal y el "muro de las lamentaciones" radial, lo cual, sintomáticamente, se extiende a las llamadas organizaciones de izquierda y programas radiales "alternativos", estratégicamente situados en Miami en emisoras de radio de tercera con alcance limitado, en la mayor comunidad cubanoamericana del país y a la prudente distancia de páginas Internet y desfiles de caravanas de autos.

LA OPORTUNIDAD DE UN PASO DE AVANCE

El avance de las intenciones de la iglesia católica cubana, con una influencia minúscula en la sociedad cubana de 12 millones de habitantes, influenciada cada vez mas por cultos africanos y grupos protestantes financiados desde Estados Unidos, nunca ha representado una fuerza suficiente para servir de puente a las conversaciones entre los dos países.

Por lo tanto, el diseño previsto de la política del Departamento de Estado conlleva medidas "de impacto local" con el espectáculo de presos cubanos y sus familias -especialmente escogidos por su impacto de imagen- los cuales darían el recorrido en los medios de prensa locales, primero, y nacionales después, en ceremonias en Washington DC.

Esto serviría para esconder el hecho de que la Administracion Obama no ha avanzado un milímetro en la política antinmigrante predominante en los grupos de poder norteamericanos y especialmente en contra de Cuba con el temor de un nuevo Mariel: aunque sea millar y medio limitado de los presos hoy en Madrid, los nuevos por ser liberados y sus familiares.

El embargo no será levantado, la prohibición de viajes de norteamericanos mucho menos y solo pequeñas concesiones sin costo político, como la autorización a instituciones educacionales y religiosas, continuaran como una vía de penetración en la sociedad cubana y no como libertad de viajes. Los que sueñen con otras cosas se van a ver bien desencantados.

RECORDEMOS LA HISTORIA RECIENTE

Desde la época de Ford y Carter, la política norteamericana hacia Latinoamérica se ha enfatizado en tres aéreas: drogas, inmigración ilegal y petróleo. Públicamente se ha traducido en presiones a los gobiernos no favorables a los intereses norteamericanos y énfasis en la publicidad de los "derechos humanos" y "elecciones libres", siempre evaluados por las Administraciones de Washington.

Militarmente se han desarrollado 'acciones' para desviar la atención a problemas locales y continuar el entrenamiento en áreas del Caribe, como fuera bajo Reagan la intervención en Granada, cuando Bush, Sr. Panamá y con Clinton Haití, con el pretexto de "restaurar la democracia". Esto no limita las acciones de inteligencia, con sobornos, manipulaciones, secuestros y asesinatos de políticos contrarios a los intereses "corporativos", tanto directas como financiadas.

LO QUE NO VA A HACER OBAMA

En el caso de Cuba no se van a normalizar relaciones -lo cual está en manos del Presidente Obama y su archi-enemiga y posible candidata presidencial, la Sra. Clinton- pues esto se vería, según círculos cercanos al departamento de estado federal: "como un mensaje erróneo para el resto del continente..."

No se autorizaría el turismo norteamericano a Cuba, pues "debido a los problemas de infraestructura cubana..." -gracias al embargo de 50 años- existe el argumento de que pondría en riesgo a ciudadanos norteamericanos -los cientos de miles de cubanoamericanos que viajan no cuentan- y "existiría la posibilidad de que la autorización de visitantes incrementaría el número de inmigrantes ilegales...". Tema caliente hoy en los círculos de poder.

Por lo tanto, olvidémonos del levantamiento del embargo, no es posible en estos momentos a pesar de las señales desde La Habana, con un Fidel Castro saludable y lúcido y un gobierno demostrando control con las conversaciones con España-Union Europea y la liberación de presos y su envío con familiares-incluidos- a Europa, Estados Unidos, Chile o cualquier país que los acepte.

No van a existir negociaciones ni se aprovechara esta posibilidad de señales desde La Habana, todo lo contrario, van a continuar -en Washington y en Miami- respondiendo a las viejas recetas de publicidad sobre "el papel de víctima" para, en el caso de Washington, utilizar el asunto para desviar con esas imágenes el interés de la población latina por los temas urgentes de inmigración y económicos y con Miami, satisfacer a aquellos que dejaron de cobrar las mesadas de la USAID y otras instituciones e inyectar sangre fresca al 'exilio' cubano.

EN EL CASO DE CUBA

Considero que el Gobierno cubano salió fortalecido de la crisis surgida con las campañas mediáticas y una vez más se ha demostrado su argumento de no esperar mucho de las Administraciones norteamericanas, sean negras, verdes o azules. Lo principal, es el respeto a la soberanía y la libre determinación de nuestros pueblos.

La realidad lo demuestra sus intenciones y sus hechos, con leyes como la Helms-Burton poniendo en manos del Congreso de los Estados Unidos la calidad del Gobierno del país y no en su legítimo propietario, el pueblo cubano. No hay cambiado mucho desde la Enmienda Platt y de como calificara al imperio José Martí: "Viví en el monstruo y le conozco las entrañas ",

Tanto hoy como ayer, lo importante es mantener las posiciones que con dignidad, sacrificio y entereza, han hecho de la Revolución y el pueblo cubanos, un ejemplo en el mundo.

Elogio de la Bobería

Los acontecimientos de los últimos tiempos en la política norteamericana hacia Cuba han tenido un variación no por predecible menos necia. De estrategia diplomática hemos pasado a la farándula, sin siquiera el amago de una púdica transición.

La postura imperial hacia Latinoamérica continúa siendo atroz y prepotente, sino miope y sin una iniciativa viable, o sea: necesitamos menos palabras y mas acción para un presidente que ya es hora de ser presidencial y considere convertir sus promesas de campaña en cuanto a inmigración para los latinos, relaciones comerciales con los vecinos y *cambios* con respecto a Cuba, en una realidad.

En el caso del sur de la Florida, hemos tenido a Obama en el patio en la mejor forma en que los cubanoamericanos sabemos hacer: pagando la cuenta.

Es lo que ha hecho Cuba en los últimos diez años de relaciones comerciales con los Estados Unidos, sin recibir intercambio comercial debido al embargo, se le han comprado alimentos y otros productos en un tedioso y feroz proceso de licenciamiento burocrático, por casi un billón de dólares anuales, la cifra que producen por concepto de pasaportes, trámites, derechos de aterrizaje, procesamiento de remesas, de paquetes de ayuda familiar y otros, los cubanoamericanos que viajan a la isla.

Cuba devuelve hasta el último centavo a este país del dinero que cobra por recibir a los *comunitarios* y adquiere productos que de otra manera pudiera tener en contratos de intercambio favorables por países de otras partes del mundo. ¿Significativo o no?

La política norteamericana cambió, la visión sobre la comunidad cubanoamericana ha pasado de ser de *luchadores por la libertad, combatientes anticomunistas* y puntal de las tradiciones republicanas, a un estorbo reaccionario y vividor del dinero del contribuyente, donde el lustre es de nuevo ser tocadores de maracas y bailadores de rumba.

Cantantes reciclados que hicieron fortunas explotando los talentos de los compositores y artistas latinoamericanos recién arribados a estas playas, a pesar de renegar de su idioma y su cultura, aceptaron la transición al español por el billete real y ahora, se convierten en figuras políticas.

Es como el caso del Sr. Montaner que ha ganado brillo en su debate con Silvio Rodriguez, un disparate para el cantautor cubano al ponerse a la altura de este miserable. Recuerdo cuando tuvimos un debate en un programa de Bernardita Pardo hacia unos años y dijo estar llamando desde Paris en un celular. Cuando no tuvo argumentos para discutir prometió volver al día siguiente. ¡Siéntate y espera!

Dejó las alturas de la lucha en París y Madrid para regresar al redil miamense y seguir pegado a la *payola* federal porque allá se cansaron de sus miserias.

En fin, no sé lo que le susurró a Obama el Sr. Estefan, o si comió tamales o croquetas de la calle Ocho y sinceramente no me interesa, pero puedo recomendarle algunas cosas para *solucionar* la crisis con Cuba y tal vez pulir su imagen latinoamericana e internacional:

En vez de gastar millones en una disidencia que no representa nada para la realidad cubana actual y terminar fomentando a organizaciones reaccionarias y sin un talento de cambio, tome decisiones presidenciales y no nos haga esperar otros 50 años:

Primero: Nombre un enviado plenipotenciario (no Estefan por favor) que hable español y vaya a La Habana a discutir temas importantes, como la estabilización de las relaciones diplomáticas y la eliminación de la ley de ajuste cubano.

Segundo: Permita la libertad de viaje de los norteamericanos y elimine con esto una limitación anti constitucional y absurda.

Y finalmente, si no es mucho pedir, deje descansar a los cadáveres y no le dé un centavo a las organizaciones del exilio, tal vez así podamos tener un poco de paz en el sur de la Florida.

No le pido el levantamiento del embargo, porque no está a su alcance, pero es algo que completaría la justicia de una agresión criminal y miope contra generaciones de cubanos.

Es todo señor Presidente y por cierto, felicitaciones, al menos no sé si las croquetas de los Estefan le dieron acidez, pero dos millones de dólares pagan tremenda cantidad de bicarbonato.

.

El Cordero de la Ofrenda

La imagen de Ariel Sigler en su silla de ruedas al llegar hoy en la tarde al aeropuerto de Miami fue desgarradora como era de esperar: demacrado, pálido y trémulo, es un ejemplo de lo que la prisión y los intereses políticos pueden hacer de un hombre. Llegó en un vuelo chárter de la compañía Rey de los Cielos, nombre, que si no fuera un tema tan sensible, sería hasta irónico.

Pero lo patético del espectáculo no fue la desalmada exposición de sus miserias para las cámaras, sino la limosna en dólares que le entregaron de una "colecta popular". Ni un centavo salió de las grandes fortunas del "exilio", ni siquiera aquellos que se han hecho millonarios con la industria "por la libertad de Cuba" tuvieron la decencia de pagar por sus gastos médicos: el inválido fue a parar a un hospital de pobres.

Allí estará junto a los negros, haitianos, indocumentados y tantos y otros desfavorecidos por la suerte por no tener un seguro médico para arropar sus dolores, pues ninguno de los multimillonarios de esta comunidad, algunos de ellos médicos, se encargó de un pobre paralítico, el cual llevará, de no dudarlo y como son los costos de este país, cientos de miles de dólares en tratamientos.

Como era de esperar hubo procesión de alcahuetas, políticos y gendarmes: todos esperando las monedas del titiritero mayor, el cual escoge muy bien a sus víctimas, por la ganancia de la imagen y el mensaje potente, apuntado al pueblo norteamericano. Ya comenzaron las apelaciones de "campos de concentración" y los clamoreos estilo Miami: el perpetuo muro de las lamentaciones del exilio.

El amontonamiento de políticos y personajes locales, más abundantes esta tarde que asistentes, curiosos y periodistas, era un despelote tal para robar cámara y destacarse ante el héroe del momento que ante tanto flash y acoso se desmayó el pobre en medio de discursos y vítores, mientras los miserables se afanaban y atropellaban por un mejor lugar en la foto.

Otro cordero para las entrañas del monstruo, otra ofrenda al altar del odio, la miseria humana y la codicia que son las miasmas terribles de esta ciénaga de la angustia.

Solo le deseo salud y paz a este hombre, aunque no creo que este sea el mejor lugar para encontrarla, ni existe medicina humana capaz de arrancar los males que esta tarde vi en su espíritu.

Convite de Viles

Padre, a ti te pido, yo, que he disfrutado pecar con alevosía y deleite menos uno en todos tus mandamientos, y por ello acecho cada noche con pólvora en mis dedos, este acerado sabor a sangre y el ansia de Eva en cada aliento, te pido, Padre, me des fuerzas para pintar mi piel de esperanza y sobrevivir al convite de viles que nubla la felicidad de los míos.

Te pido Dios, humilde, contrito, pero orgulloso de tu obra en mi, que perdones a los carceleros de mis hermanos, Gerardo, Rene, Antonio, Ramón y Fernando, pues no saben que nada encierra la dignidad de un hombre, cuando su espíritu está en el pedestal de los suyos.

Solo quiero, de ti, que no me dejes ceder a este mal, fuera de alivio humano, sembrado en mi pobre espíritu quebrado por la herida de los míos y me vaya antes de ver libres a mis cinco hermanos, en brazos de los suyos.

Y, si no fuera mucho pedir, quiero por última vez, ver en la luz de tu puerta a mi pueblito polvoriento, dichoso, abierto, con todos y para el bien de todos.

Gracias Dios por esta vida, por mis hijos, las agonías del amor y sobre todo mi islita verde, perdida una vez en el mar y hoy, en tus manos, camino de ser de ya no más faro, sino ruta del regreso de tanto cubano errante.

Y también, por qué no, te doy gracias por mi fe y por ser como soy: altanero, insaciable, indiscreto y sobre todo fiel, con mi libre albedrío, a tu pecado.

¡AL PAN, PAN Y AL VINO...!

El trasfondo de entretelones en Washington y Miami, el lleva y trae de celestinas y carcamales, desesperados ante la posibilidad de cobrar las migajas de la USAID, restos del maná de cientos de millones de dólares alimento de un exilio sórdido y voraz, apoyo de cuanta intención rapaz tuvieran los peores intereses de este país, continúa desde hace semanas, cuando se avizoran señales de un cambio de política hacia Cuba.

Muchos amigos y otros tanto que no, en mi reciente página de Facebook saben que he promovido personalmente el entendimiento y las conversaciones con personas cercanas al futuro y hoy Presidente, ayer, anteayer y hoy, así como las donaciones que hoy suman cientos de miles dólares, tanto a él, como a los candidatos demócratas, no porque tuviera un centavo de ganancia en ello, ni tampoco esperanza en sus buenas intenciones.

La concreta es que los tres temas en los que he insistido, cercanos al pragmatismo remiso tradicional de la política exterior norteamericana hacia Latinoamérica -con sus tres excepciones, de ellos, no mías, Mexico, Colombia y Brasil- iban dirigidos a mejorar las relaciones con el vecino del sur -por extensión un mejoramiento de la imagen continental de EEUU-, o sea, levantar restricciones de viaje a ciudadanos y residentes legales y sobre todo: la libertad de Los Cinco de Miami injustamente condenados.

La Administración necesitó más de un año para ajustarse a implementar movimientos hacia la isla y hace unos meses su propia secretaria de estado Hilary Diane Rodham Clinton se atrevió a asegurar que era Cuba quien insistía en mantener el embargo (!?) , mostrando la política estúpida y miope del Departamento de Estado.

Lo real hoy es que la Administración Obama y los demócratas en general le han estado pasando la cuenta al exilio histórico republicano, cortando presupuestos de diferentes fuentes -con la excepción de las organizaciones vinculadas a la inteligencia- y el acceso a la Casa Blanca, llegando al extremo de burlarse de ellos al montar un espectáculo con el showman-espectacular Emilio Estefan en plena calle Ocho.

Ahora, con las visitas del cardenal Ortega, las señales desde la Habana con la liberación de los presos exigidos por los famosos listados que cambian cada día -donde solo aceptaron a uno aquí por motivos publicitarios evidentes-, se produce un momento político conveniente para dar pasos de acercamiento, sobre todo cuando los consecuencias del embargo genocida y criminal contra la isla señalan otra posible inmigración masiva estilo Mariel, dolorosamente recordada por los viejos demócratas.

El momento es clave, pero lo más importante es exigir que el imperio primero libere a Los Cinco de Miami, envíe un delegado plenipotenciario para discutir los temas pendientes entre los dos países y flexibilice el embargo, causa del éxodo de cientos de miles de cubanos, muchos de ellos, ahogados en el estrecho de la Florida.

Si de paso se elimina la Ley de Ajuste cubano, esto pudiera representar el mayor paso de avance de la política norteamericana hacia Cuba en 50 años: algo que distraería a la opinión pública norteamericana de una los desastres de una Administración timorata y mendaz, pero sobre todo, permitiría a Barack Obama pasar a la historia como el Presidente que borró uno de los errores históricos más costosos del imperio.

A mi forma de ver, no tengo muchas esperanzas en una solución favorable a este problema, sino acercamientos parciales y medidas inconclusas, lo mismo de siempre, pero ahora con otra cara.

El tiempo dirá.

DE PRÍNCIPE A MENDIGO

Recuerdo a Jaime Ortega Alamino cuando era obispo en Pinar del Río. En ese entonces yo presidía allí la Brigada Hermanos Saiz de escritores y artistas jóvenes y murió en un accidente automovilístico un poeta católico pinareño, Jose Garrido, viajando en Santiago de Cuba con el padre Jose Conrado -hoy allí todo un "teólogo de la liberación". Nuestra primera confrontación fue entonces al despedir el duelo en el cementerio católico de mi pueblito, con sendos discursos por cada bando.

Entonces pude calibrar las ambiciones políticas del entonces obispo, a la par de su inteligencia. No fue la última vez que nuestras vidas se cruzaran en el transcurso de nuestras carreras profesionales y a la vez, por supuesto, de la fe.

Ahora este correveidile a Washington y La Habana del "príncipe" de la iglesia cubana, esta vez de VIP y liberado de las humillaciones sufridas en el aeropuerto de Miami, al llegar con su pasaporte gris de cubano, le ha conquistado el odio del exilio cubano, algo inexplicable pues se suponía que sus gestiones en pro de la liberación de presos y las llamadas "Damas de Blanco" seria para ellos algo positivo y sin embargo demostró, una vez mas, que con esta gente no hay arreglo.

La Iglesia no ha durado 20 siglos por gusto y al Vaticano le interesa promover intenciones y posiciones en un país mayoritariamente creyente de la santería, el cual sin embargo, por su relevancia internacional y sobre todo continental, pudiera ser puente para otras intenciones de la curia. Todo ello sin apartar el sentimiento cristiano de mejorar las condiciones de vida del pueblo cubano, tras 50 años de un embargo terrible a manos del país más poderoso del mundo.

Los buenos oficios del príncipe Ortega, las intenciones del Vaticano y hasta las presiones de grupos católicos en este país, no serán suficientes para torcer la mano de un Presidente Obama timorato y vendido a los peores grupos hegemónicos de los Estados Unidos. Sin ser demasiado pesimista, las intenciones imperiales con Cuba, un país que no está, no ya entre sus prioridades, sino ni en el menú de los problemas internacionales urgentes que enfrenta.

De príncipe devenido a mendigo, de obispo de una feligresía limitada y cada vez menor, al desprecio de otra al Norte donde el grupo más vociferante y radical lo califica de traidor, el papel de Ortega Alamino puede llevarlo lejos, tal vez al Vaticano, pero sus buenos oficios no lograrán resolver la separación por cinco décadas de la familia cubana, por la soberbia del imperio y el odio de la generación perdida de esta Ciénaga.

Tal vez orar sea la mejor vía y dejar en manos de Dios la solución a los problemas, porque manos de los hombres, sobre todo con los que se ha entrevistado el Cardenal, no guardo muchas esperanzas.

ARMAGEDÓN EN MIAMI

Durante las últimas semanas las noticias sobre ataques a la policía, tiroteos en las calles y disparos al azar con trágicas consecuencias, entre ellos niños, son más frecuentes en los tradicionales reportes de crimen en la televisión del sur de la Florida, con las escasas, sino inexistentes menciones en la prensa local, mas interesada en preservar la imagen del *bello Miami* exigida por sus anunciantes.

Este pantano con semáforos que constituye el municipio Miami-Dade tiene 33 ciudades de mayor a menor -siendo Miami la más pobre de su tipo en los Estados Unidos- y ocupando el mencionado municipio en total un área poco mayor a la Isla de la Juventud, con un vital sistema de bombeo destinado a controlar las inundaciones en barrios ricos, previniendo la entrada del mar a esta *panetela* de terreno.

En un país donde hasta el Presidente es importado, Miami-Dade cada vez más se convierte en un área donde los principales empleos radican en el aeropuerto, el turismo y los servicios, con un presupuesto municipal de $8 billones de dólares -un poco mayor que el de Cuba para servicios médicos nacionales. Gran parte de ese dinero se despilfarra o va al enriquecimiento de los grupos de poder y los políticos de turno.

El desplome económico ha golpeado particularmente a esta área, lo cual se refleja en la política, donde el creciente descontento popular ha provocado que decenas de miles de votantes renuncien a los partidos tradicionales declarándose *independientes*, clareando las filas republicanas, donde de la masa de 11.2 millones de votantes registrados en el estado los conservadores son apenas un 36 por ciento.

En el caso del municipio Miami-Dade, con 1.2 millones electores inscritos, el 70% de los republicanos son latinos, los cuales cada vez más se declaran independientes o demócratas. En los últimos diez años la composición étnica del municipio cambió: de un 75% anglo, hoy en día la mitad de los votantes son latinos, cada vez menos de origen cubano, lo cual ya sucede rápidamente en el estado de La Florida.

Otro hecho importante dirigido a desmontar la influencia política y económica del llamado *exilio cubano*, se inició con la Administración de George W. Bush en el 2008, al cortarse radicalmente el presupuesto de unos $100 millones de dólares anuales asignado a las 25 organizaciones de extrema derecha, a menos de la quinta parte de los pagos.

Los recortes se han reflejado dramáticamente en las programaciones radiales, publicaciones impresas, de internet y tantas y otras excusas para cobrar la *payola* federal, destinada a alimentar a una fiel masa republicana, la cual, envejece y se evapora, enajenándola su característico racismo y extremismo hasta de sus propios hijos.

La crisis económica en el sur de la Florida, como en el resto del país, ha golpeado particularmente a las clases pobres y los inmigrantes, y los mencionados tiroteos y enfrentamientos del hampa con la policía, hoy el pan nuestro de cada día en Miami, son consecuencia de un mercado de la droga más competitivo en las calles de las ciudades del sur de la Florida.

Esta desesperación de los delincuentes tiene su similitud con del exilio derechista y retrógrado, enfrentado a un destino difícil sin la fuente de sustentación del dinero federal, al girar la política norteamericana, con su característico pragmatismo, hacia resultados concretos de contactos e influencia en la sociedad cubana, mientras abandonan a sus hoy enajenadas criaturas.

Triste es el destino de estos viles, ahora reconociendo en su vejez el triste papel de juguete jugado para los intereses económicos del imperio. Terminarán, como tantos otros, como una mención histórica en el acápite de los impíos con la mención de los hechos de sangre y terrorismo cometidos contra su propia gente: bye bye cubanitos, su minuto de gloria terminó.

SOBRE LA OPOSICIÓN CUBANA Y OTROS DETALLES

Las noticias han cubierto cuanta pagina de periódico, minuto de radio, imagen de televisión, blog de internet y discurso de político de las últimas semanas, con ecos cada vez más apagados y el regusto de una campaña, costosa y bien diseñada, ha tenido dos resultados evidentes: el Gobierno cubano continúa estable y de los presos liberados no ha surgido un solo dirigente o intelectual con un discurso coherente.

La Administración Obama se negó a aceptar a cualquiera de los liberados y sus decenas de parientes -con la excepción del inválido, recibido al estilo Miami, con un cartucho de dinero y un empujón al hospital de pobres-, pero Madrid tuvo que cargar con todos y la cuenta (creo que hay uno por Chile), gracias al esfuerzo conciliador del Vaticano y los buenos oficios del vilipendiado Cardenal Ortega.

Ahora comienza otra etapa iniciada por los *correveidiles* de la Fundacion Nacional Cubano Americana y organizaciones de la extrema derecha, dentro de la derecha, siempre limosna en mano para abrirse puertas con estos infelices sin utilidad alguna para el Departamento de Estado norteamericano o las organizaciones de inteligencia de este país.

Es público y notorio que las 25 o menos organizaciones tradicionales del 'exilio' cubano son dirigidas o integradas en su escasa mayoría por ex agentes de la inteligencia norteamericana, excombatientes de las guerras sucias del imperio o sencillamente retirados militares tras su período de servicio en cualesquiera de las aventuras yanquis alrededor del mundo.

Ahora les toca estos 'exiliados', si quieren seguir cobrando de la mermada *payola* que creó en el pasado a más de 2,200 millonarios cubanoamericanos, evaluar a estos 'nuevos exiliados' para saber si verdaderamente tuvieran alguna influencia en la sociedad cubana -sus expedientes dicen claramente lo que son, individuos con organizaciones de cuatro gatos y pomposos nombres- o lo peor, pudieran ser agentes del otro lado, tanto ellos como sus familiares.

A prudente distancia de cualquier conflicto, los guerreros por la libertad de Miami han sido siempre quienes han empujado a otros a la 'lucha necesaria' y ahora se enfrentan cara a cara con quienes han puesto el pellejo para que ellos tengan su buena vida y un retiro cómodo en las mismas tierras cuya puerta no se les va a abrir tan fácilmente, sobre todo si a ellos corresponde esa decisión.

Veremos mas notas de prensa, entrevistas, entradas de blogs, palabrería sonsa, pero la concreta del asunto es que el billete se queda en Miami -la quinta parte de lo que era antes, pero algo es algo- y quienes en el pasado demostraron su lealtad en el terrorismo, el espionaje o el genocidio contra su propio pueblo, el norteamericano u otros, seguirán siendo los preferidos.

Ustedes señores de la nueva disidencia, no solo no son confiables, sino que no están en la guía telefónica, vayan cogiendo su número entre los desempleados españoles o de dondequiera vayan a parar, porque películas como esta ya las hemos visto. Estas señoronas y estos ancianitos de guayabera bien planchada los embarcaron una vez y ahora, vamos por lo mismo.

LOS SÍSIFOS DE MIAMI

Motivo de burla sino patética muestra el destino de una generación perversa, amputada por el bisturí del poder revolucionario cubano en los 60, implantada como cáncer perverso, con sus acólitos, gurús y putas en una ciénaga insalubre, con toda malicia bien lejos de las ciudades blancas de los Estados Unidos, en lo cual se conoció desde entonces como 'Mayami'.

Su destino nunca fue regresar, sino servir de carne de cañón para los afanes de los viles: magnicidios, asesinatos, golpes de estado, ataques contra grupos negros, socialistas, sindicalistas, espionaje contra políticos, corrupción, falsificación de elecciones, elección de los políticos mas retrógrados y delincuentes posibles y tantas y otras misiones de miserias y crimen.

Pero aprendieron, al menos algunos de ellos, a usar el sistema, lograron luego de décadas de desprecio y discriminación, soportadas con alegre sumisión, elegir a sus propios políticos inanes, local primero, municipal y estatal después y hasta el nivel federal más tarde, ejemplos de lo mejor de su simiente, cipayos y maleantes radicales, como ellos mismos.

Miami se convirtió en una mala palabra, no solo en los Estados Unidos, sino en el mundo, muestra de refugio de maldad, cátedra de forajidos, lavado de dinero, y cuanta vileza y crimen pudiera imaginar la saña perversa del imperio y entonces, este cáncer ya implantando, atrajo otros afines, de Nicaragua, El Salvador, Colombia, Venezuela, Serbia y tantos y otras escorias de las aventuras imperiales.

Hoy en día, el muro de las lamentaciones cubano con sus sucursales venezolanas y nicaragüenses, se prepara para la renovación y nuevas excusas para seguir chupando los dineros públicos, con hornadas frescas de "luchadores por la libertad": sin experiencia en el sistema norteamericano, pero con hambre de las fortunas atesoradas por los predecesores.

Las revoluciones producen detritus, este llamado Miami es para los libros, pues como la leyenda de Sísifo, sube la colina imperial una y otra vez, con sus miserias y crímenes a su espalda, como él, avaros y mentirosos, traicioneros y asesinos, devotos del imperio, pérfidos renegados de su origen. Pero la historia no perdona, hasta los amos se cansan de los apestados y pronto, el Olimpo puede decidir retirarlos al Averno.

Dios me perdone, es necesario.

Llorar No Cuesta Nada

No creo en plañideras, en incautos y desbarres, mucho menos en estrategas y políticos, pero sobre todo: desconfío de promesas y pitonisas, casi tanto como de oropeles y glotones.

Cuando de un golpe me quedé sin familia y sin amigos, en medio de un páramo de recelo y trampa tuve que renacer de bitongo a guapo, sin soporte, práctico, ni ánimo. Arrinconé con furia en mi escaparate rosa de niño, infancia, ilusiones y anhelos.

Es por ello que ahora, asentado con una familia a cuestas, emigrado por decisión y exiliado por decreto, en esta ciénaga de la angustia, donde mi pueblo ha sembrado flores a costa de sudor y sangre, el mirar atrás solo me alerta de aquellos indecisos, traidores y miserables, hoy alambrando el futuro y desterrando la esperanza.

Una y otra vez, mientras tenga voz, una y otra vez, mientras tenga manos y una y otra vez, mientras alguien escuche diré: la emigración cubana no es un ejército enemigo, ni establo de turistas o incierta curia de viles.

Somos el hermano, el amigo, el vecino que una vez, por no encajar o como presa del 'terror revolucionario' -necesario en la defensa de la construcción, pero desatinado ahora- o sencillamente persiguiendo un sueño, nos fuimos a otros lares y ahora llegamos, con nuestras familias a cuestas, aportando sin coartadas el sudor del trabajo y la sangre de las penurias.

Es ante la batalla donde se escogen los buenos y se apartan los viles, pero hoy, sin pudor ni pasión, la mano torpe de la burocracia discrimina por igual a unos y a otros, apuntalando un muro, hoy, cada vez más, oscura barrera de exclusión e injusticia.

José Martí dijo: "Véase a quien se da entrada en la casa y en la nación. El hogar es un templo, y la nación otro más vasto. Un asiento en el hogar es una honra, y un asiento en la nación. Las visitas en la sala no más, sólo a los que nos han probado su lealtad llevaremos a los aposentos interiores. La mano a quien la tenga limpia: los brazos a quien funde y padezca y batalle y expire con nosotros..."

No hay Patria en tierra ajena, ni reposo sin tus muertos en paz, no podemos seguir de inciertas plañideras, no mientras el hermano sufre, padece y se desmorona en defensa de lo nuestro.

Es hora de unión y de rebosar los diques, por todos y por el bien de todos.

Al Norte de los Principios y al Sur del Corazón

Nunca en mis escasas conversaciones con Fidel Castro lo he escuchado expresarse despectivamente de la emigración cubana, o la comunidad cubana en el exterior, como algunos nos llaman en La Habana y para mi, emigrado por decisión y exiliado por decreto, créanme, es un tema bastante significativo la forma en que se nos aprecia -o desprecia- a los cientos de miles de cubanos desperdigados por el mundo.

A mi modesto entender, el que huyó de la justicia revolucionaria, o amasó fortunas en la industria del odio, la política o el delito, se puede considerar dignamente exiliado, como ellos mismos se llaman. Pero el resto de nosotros, buscando el sustento cotidiano, romeando este pantano prodigioso, plantando flores a sudor y sangre, somos, creo yo, sin sentar cátedra de nada: somos emigrados.

Ahora bien, no puedo entender, cuando la Patria necesita del esfuerzo de todos y cada uno para mantener el presente y preservar el futuro, siguen los burócratas declarándonos a todos exiliados, sin causa pero con motivo y manteniendo aceitados los cerrojos de la isla, con el dolor de la separación de la familia cubana, ya no por bloqueos, embargos u ocurrencias imperiales: sino por decisiones insólitas.

El aporte de la emigración cubana a la economía de Cuba, a sus familias, amigos y vecinos, no puede cuantificarse en pesos y centavos, sino en privaciones por mantener su contacto con la isla, como muestra de que no propugnamos el odio ni practicamos la división, ni siquiera tenemos una intención política -está bien claro que esas decisiones corresponden a quienes se les ha oxidado la vida en las fronteras del odio, defiendo la Patria de todos.

La muestra es como cada vez mas crecen, en los Estados Unidos y Puerto Rico las comunidades cubanoamericanas y cada vez más se incrementan las remesas familiares, los viajes -a quienes les otorgan entrada al país- y los envíos de ayuda familiar de todo tipo. Ese es un voto mayor que el alarde oprobioso de quienes predican aquí o en otros lugares el apocalipsis y la venta del país al imperio.

Digo de nuevo y diré siempre: se impone una política diseñada para el regreso, para la reincorporación de los miles de médicos, ingenieros, profesionales de todo tipo, deportistas, intelectuales, desperdigados por el mundo y cuyo único anhelo es ser parte de ese proceso en el cual se formaron y por las causas que fueran abandonaron hacia otros rumbos: muchos por la confusión de estómago con ansias.

Pero también, hay que ver con lentes de realidad la situación económica actual, la influencia que representaría todo ese capital humano y sus recursos, ganados a sangre y fuego en el exterior, en la construcción de comunidades de retiro, en las vacaciones familiares, en la atención médica a ellos y sus familias, en la educación de sus hijos y nietos, en fin, en la construcción de su vida, de nuevo, en la tierra natal.

Mientras las decisiones permanezcan en manos de quienes viven de la industria del odio, de aquellos que nunca ven más allá de las ventanas refrigeradas de sus oficinas, mientras los puentes estén manos de quienes hacen millones con la industria de viajes y ayudas familiares, regando centavos a sus contrapartes cubanas, primarán el dolor y el cisma.

Y repito, mientras las voces que se vendan sean aquí las de grupos de doce auto titulados apóstoles en contertulias de rincones de la comunidad que nunca ven la luz del trabajo y el sudor de la emigración: seguiremos siendo un pueblo separado por el rencor y la fobia de un pasado que si bien es real, no tiene derecho a preservarse en el camino del concierto pleno de la unidad de todos los cubanos.

De nuevo expreso mi sueño, que espero sea el de muchos: una nación con todos y por el bien de todos.

Sin Talento para la Tristeza

La frase no es mía, es de una colega, cubana de pueblo entero, de esas que fijan los límites del riesgo e inflaman la locura del amor, sin medida ni razón.

Ese es mi pueblo cubano, un pueblo *sin talento para la tristeza*, entero, sin complejos, desmesurado y sin fronteras, empapado de especias, café, tabaco, ron, sexo y sobre todo, obra.

No hay vida completa sin sudor, sangre, pasión, entrega total, y si algo me ha dado la Revolución cubana ha sido eso, la capacidad de empinarme para medirme con esos héroes cotidianos, obreros del machete, soldados de la bayoneta, madres del cariño y sobre todo, las manos amorosas de nuestras médicos, la entrega total de nuestros profesionales, la alegría infinita, en cada escuela, en los ojos de los nuevos, el esfuerzo de un pueblo todo.

Un estúpido decía, sin entender que no hay ofensa posible sin rasgo de verdad, cuando el valor de la palabra trabajo la sembré de niño, creció en mí de adolescente en los campos cubanos, floreció de adulto en la Universidad de mil colores en La Habana y fructificó con mi medalla de Vanguardia Nacional en mi pecho, perdido yo, detrás de esos macheteros curtidos y los obreros estriados, pero inmensos en su estatura de héroes.

Las medallas y los uniformes no te protegen de las balas, como lo vi en el rastro callado de las batallas en Vietnam y Cambodia, Panamá y Bolivia, a donde fui, como quien va a un templo, a conocer la tierra donde regó su sangre San Ernesto de la Higuera, hombre completo que fue, además de padre, combatiente y compañero, capaz de crear al hombre del siglo XXI a pesar de sí mismo.

Es por eso que hoy les digo, en esta tarde de lluvia incansable, donde el corazón se me estruja pesando en los míos, ajetreados protegiendo vidas y bienes: primero muerto que entregar la esperanza, porque la tristeza no tiene cupo ante tanto valor de vida.

Dinero, Dinero
y más Dinero para el Embargo

Lo que adoro de la política norteamericana es su falta de hipocresía. Todo el mundo sabe que las promesas de los políticos no le importan un comino a los Gobiernos de turno aquí, son los intereses especiales y los grupos de poder al timón del país, inventando guerras, poniendo y quitando leyes, como la del embargo a Cuba, una política de más de 50 años destinada a ahogar por hambre a un pueblo, por su inquebrantable voluntad de soberanía.

El ejemplo clásico de como funciona este proceso, lo fue la posposición de los debates esta semana de una ley para ampliar los viajes a Cuba expandiendo las licencias a los norteamericanos y residentes de otras nacionalidades, o sea los de los que no son de origen cubano, anunciada por el presidente del Comité de relaciones exteriores del Congreso federal Howard Berman (Demócrata por el estado de California).

Sus declaraciones son una pieza de ejemplo de esta política farsante y comprometida: "El comité pretendía considerar esta ley pero ahora parece ser que el [próximo] miércoles será el último día de sesiones del Congreso. Esto nos da a entender que nuestro debate de la ley pudiera complicarse o interrumpirse por votaciones u otras actividades en el pleno del Congreso. Por lo tanto, pospongo la discusión de la H.R.4645 para un momento en el que le sea posible al Comité pueda mantener el completo e ininterrumpido debate que este importante tema amerita..."

Por lo tanto quienes apostaron a ver hoy a cientos de miles de norteamericanos y residentes de otras nacionalidades no de origen cubano, tomando los vuelos diarios desde Miami se quedaron con las ganas, empezando con las compañías Chárteres a Cuba de la Florida que alquilaron aviones de gran capacidad y se gastaron cientos de miles de dólares en cabildeo en Washington. Deseos pospuestos, tal vez hasta luego de las elecciones de Noviembre.

El tema de hacer cabildeo por los viajes es, a mi modesto entender, un objetivo insuficiente y mal orientado. La idea era promover el levantar las restricciones de viajes y mejorar las condiciones para las ventas a Cuba para que entonces, como un castillo de naipes, el embargo cayera por sí solo. A mi modesto entender es una política errónea y desvía el tema del asunto principal: el establecimiento de contactos entre los dos países y el restablecimiento de relaciones diplomáticas.

Los enemigos de estas causas, o los enemigos del pueblo cubano, para ponerlo de forma directa, no dejan de hacer campaña por sus intereses y se preparan aquí a llevar a uno de los suyos, ya sea el demócrata Joe García o a al republicano David Rivera, contando sobre todo con los votos de los cubano americanos y cuanto latino puedan enganchar en esta sonada campaña.

No debemos olvidar que el 34 por ciento de los 1.7 millones de votantes latinos del estado de la Florida son de origen cubano. Sin embargo, recientes sondeos de opinión, como el realizado en Septiembre del 2009 por la firma Bendixen y Asociados encontró que el 59 por ciento de los cubano americanos estaba de acuerdo con el levantamiento de las restricciones de viaje y un 29 se oponía.

Pero una cosa son los votantes, o la voluntad popular, o a quiénes responden los políticos. No hay que ser miopes, tanto ese "Presidente de Comité Berman" como otros trece congresistas demócratas y siete republicanos, recibieron millonarios pagos del Comité de Accion Política US-Cuba Democracy de Miami, recibiendo la mayor tajada ese "Presidente' y su Vice.

No se quedaron fuera, las cabezas de otros Comités y miembros escogidos, escuchen esto, los para el Hemisferio Occidental, de la Lucha contra el Terrorismo y Comercio, así como otros con temas relacionados con la isla. No es nada extraño que Cuba se mantenga como país "promotor del terrorismo" mientras el propio George W. Bush sacara a Corea del Norte del listado y se normalicen relaciones con Libia.

Este grupo, el US-Cuba Democracy, desde el 2004 reunió más de $2.7 millones de dólares, de los cuales (hasta finales del año pasado) había entregado a candidatos federales que apoyaban su causa $1.7 millones. Los promotores del embargo, ya sea organizaciones o personas, les han pagado a candidatos federales en los últimos seis años más de $11 millones de dólares.

Por supuesto, al tope de la lista de quienes han recibido este dinero están los congresistas republicanos

Lincoln Díaz-Balart -quien renuncia este año ante una investigación de recibir pagos "indebidos" por favores políticos-, Mario Díaz-Balart e Ileana Ros-Lehtinen, en ese orden, seguidos por el Senador John McCain de Arizona y los demócratas Bob Menendez y líder de la mayoría Harry Reid y sus colegas de la Florida: Bill Nelson y los congresistas Debbie Wasserman Schultz, Kendrick Meek y Ron Klein.

¿Han obtenido estos "generosos contribuyentes" algo por su dinero? Por supuesto, se han parado en seco todos los intentos por flexibilizar el embargo y los viajes, cuando indirectamente se presentaban proyectos de ley para prevenir la asignación de fondos para el control de las violaciones al bloqueo y se ha frustrado el interés por reunificar familias y restablecer las relaciones entre ambos países, tras 50 años de una guerra sin cuartel contra el pueblo cubano.

La industria de viajes y envíos a Cuba reporta $1,9 mil millones de dólares en ayudas, viajes y otros contactos familiares, voto bien claro de la voluntad popular de la comunidad cubanoamericana de normalizar las relaciones con Cuba y por cierto, un ejemplo de cómo pudiera dirigirse, inteligentemente y de forma ordenada, el conseguir los recursos necesarios a este fin.

Es hora para la familia cubana de encontrar el camino de la paz y la reunificación. Si quienes lo hacen no usan las estrategias necesarias dentro de la maquinaria política del sistema político norteamericano de lealtades y corrupción, es el momento de encontrar a otros, porque nuestro pueblo ha sufrido demasiado en estas cinco décadas de separación, agresiones y bloqueo.

LECCIONES DE LA INTENTONA GOLPISTA EN ECUADOR:
DE PANCHO VILLA A FIDEL CASTRO

Salvando las distancias históricas y los respetos a los caudillos, creo que en Latinoamérica no es la hora de Pancho Villa, y Fidel Castro hay sólo uno. El "asalto al cielo" que representó la Revolución Cubana es un ejemplo de valentía y solidaridad internacional, encabezado por un pueblo, del cual surgió una pléyade de dirigentes, con la figura de Fidel como puntero.

Sin embargo, no son los mismos tiempos, ni tampoco las condiciones históricas y pongamos el ejemplo de Ecuador. Un país donde desde 1996 ha habido siete presidentes, depuestos no precisamente por la simpatía popular, algo que Rafael Correa no se va a ganar como Pancho Villa y diría yo, tampoco como Fidel Castro. No son los mismos países, ni los mismos tiempos y a cada cual lo suyo.

Como el mayor respeto que me merece el presidente Correa, si algo aprendió el pueblo cubano es a proteger a los suyos y sobre todo cuando la guerra era de verdad, contra el país mas poderoso del mundo, cada día embistiendo, con atentados a sus dirigentes, terrorismo, agresiones a la población y un embargo económico total destinado a rendir por hambre a un pueblo heroico.

Pero, me parece que un mandatario, cuando es electo popularmente, sabe que si responde a ese pueblo va a tener en su contra a toda la oligarquía local con la mano peluda del imperio aupándola detrás, lo cual no implica solamente difamación y campañas de mentiras, tendrá también sus consecuencias entre los que están en las instituciones armadas y por intereses o estupidez pueden apuntarle sus armas al pueblo, o dispararlas contra sus líderes.

En estos momentos el continente entero arde de insatisfacción y busca la esperanza, si sus dirigentes no entienden la necesidad de protegerse ellos mismos y por tanto, esos deseos populares de cambio y libertad, no solamente incumplen con su mandato, sino que cortan, prematuramente, las posibilidades de realizar sus propios procesos democráticos populares.

No es hora de inmolarse en medio de la calle sin un objetivo real, es tiempo de ganar batallas y radicalizar los procesos, de dar lo mejor de nosotros mismos a la Revolución popular.

De lo contrario, seremos otro monumento al futuro, cuando se necesitan más, líderes que mártires.

El Lenguaje del Rechazo

Lo que Norelys Morales Aguilera y sus colegas de Blogueros y Corresponsales no nos dejaron decirles, tanto a Pedro Rodríguez Medina, un nacionalista convencido emigrado y este servidor, cuando nos censuraron en su blog, es que el levantar muros y negar ideas diferentes dentro de la Revolución, no es sólo una muestra de extremismo aprovechado: es una interpretación errónea de los límites actuales de la lucha revolucionaria, donde sumar es la palabra de orden.

La Internet "es" un medio diferente, por sí y para sí, por contenido y fórmula, pero sobre todo por la falta de modelo en contenido y forma de expresión. Lo que es muestra de un pasado con creces superado por los movimientos revolucionarios, es el hecho de rechazar las opiniones por no calzar en el envase "químicamente puro" de grupos aislados por sus métodos de ficha ideológica.

Más claramente: no es negocio hoy en día en el mundo virtual estar a la derecha de George W. Bush o a la izquierda de Stalin: no es subversivo, es estúpido. Y lo es, también, censurar sin discusión a los que discrepan, en métodos y no principios, defendiendo posiciones de quienes emigramos de Cuba y seguimos siendo, a pesar

de todo y con el pesar de algunos, Revolucionarios Cubanos.

Métodos de censura sin discusión, de bloqueos
de IP's a los sitios es, claramente: "estar al margen de las nuevas tendencias", o sea, no entender la realidad de que los tiempos son otros y
actitudes como ésta los colocan en el mismo punto que los grupos de extremo desatino, como el
Kukuxklán, el *White Power* o tantos otros fascistas que inundan las redes con sus mensajes
orates.

En las palabras de Norelys en la entrevista reciente del excelente sitio Cubainformacion TV de
España: "no podemos darle al mundo la idea de
que Cuba no es la muestra de la revolución internacional...". Pero eso es lo que precisamente
están haciendo al rechazar ideas, a pesar de
anunciar que el: "usuario se convierte en el productor de la noticia", dónde "no le modelo a nadie los contenidos".

Según ustedes, agruparon en un año y tres meses a 600 personas de Argentina, Cuba, Venezuela, España, Ecuador, México y otros, contri-
buyendo en Blogueros con ideas propias o de
otros, entre ellos más de 200 profesionales cubanos. Una participación clave la de éstos, pero con
un lenguaje demasiado particular de la realidad
cubana: lo cual puede leerse como sermón de la
causa, sin entender muchos los manierismos de
50 años de prensa isleña, muy autóctonos, pero
poco digeribles para el nuevo medio utilizado.

La Internet, abierta y volátil, donde millones
de personas no han vivido bajo el cerco de la

guerra y el bloqueo imperial, donde la comunicación con el mundo desde Cuba es lucha y llegar allá con tu mensaje, victoria, es un campo de batalla diferente, donde no puede rechazarse toda posición por el manual o entender los textos fuera del lugar y la mentalidad de la persona que escribe, de su realidad y contexto.

Si "usuario puede convertirse en el productor de la noticia" es el Moderador quien debe transitar y sopesar lo mejor entre el océano de ideas que lo abruman o no serás "un sitio alternativo de información". Se contradice Norelys cuando dice: "no podemos estar al margen de las nuevas tendencias", y lo está, pues en el Blog y sus enlaces con Twitter, Facebook y otros Blogs, limita la información a consignas y líneas de opinión, las cuales pudieran parecer acertadas en reuniones en la isla, pero no conectan el mensaje con los millones buscando la información real sobre Cuba, el flujo de ideas dentro de la Revolución y su reflejo en los movimientos de solidaridad del continente y el mundo.

A esos los confundes y apartas pues no es cierto que en el Blog: "no hay causa hoy en día que no esté presente en los trabajos de nuestros miembros". Por ejemplo, la emigración cubana no está presente. Y si levantas muros a la gente y las ideas, la ola te derribará, o lo que es peor, te quedarás solo, cuando la bandera de la causa sobrepase tu solitaria trinchera y avance, con la Revolución Cubana, hacia el futuro.

Estoy totalmente de acuerdo con Norelys en que dice estar: "haciendo una cosa noble humana, un proyecto que vale la pena defender", pero le recuerdo sus palabras a continuación en la entrevista: "hasta el agua si no se agita se echa a perder".

Diría yo que el agua encuentra siempre su camino, así como las ideas, pues si tratas de contenerlas, todas se van al océano de la red y Blogueros quedará como una propuesta interesante, pero marcada como lugar de censura y rechazo, no como alternativa a los bloqueos del mensaje y a la desfiguración de los contenidos que el imperio impone, con la fuerza de su capital, todos los días.

Ser un obstáculo al progreso es no comprender lo que significa la Revolución Cubana para el mundo y a eso, estimada Norelys, no se llega con dominar la técnica, sino con estar por encima de nuestras propias limitaciones y dar paso al mundo de ideas que se te viene encima. Primero hay que abrirse al debate diferente, recuerda: *Dentro de la Revolución todo, fuera de la Revolución nada.*

La frase no implica extremismo ni censura, o atrincheramiento partidista o policial, sino debate y unión, sobre todo ahora cuando la necesidad de muchos Vietnam se define con nuestra presencia en los medios masivos fuera del control del imperio y los grupos de poder capitalistas. No le regalemos armas al enemigo, nublando nuestros intelectos con miedo, fobias o extremismos recalcitrantes de otras épocas.

Levantar muros no es la idea, de buena fe lo digo, alguien que como el amigo Pedro Rodríguez Medina, lleva la estrella en el corazón y la fe en el alma, en medio de las entrañas del monstruo.

CONVERSACIÓN CON EL ALCALDE DE MIAMI:

"EL PUEBLO TIENE FATIGA DE GOBIERNO..."

Si hay algo que se le nota al alcalde de Miami, Tomás Regalado es el cansancio, no queda mucho de aquel periodista inquisitivo y vivaracho cuyas fotos con personalidades cubren una pared de su pequeña oficina, con vista a la Marina de la isla Watson, donde se mecen los yates de los millonarios y los de que pretenden serlo, pero ahora, después de unos años como Comisionado de la ciudad, ahora se sienta en la "silla caliente" de la Alcaldía.

De acuerdo con el censo estadounidense, en el 2004, Miami tenía el tercer mayor índice de ingresos familiares por debajo de la línea de pobreza federal en los Estados Unidos, lo que la califica como tercera ciudad más pobre de Estados Unidos, sólo detrás de Detroit, Michigan y El Paso, Texas. Con más de 23,000 apartamentos nuevos a la venta o cerrados, la crisis de la vivienda golpeó particularmente a la ciudad.

¿Como rayos te metiste a político?

"No me considero político, soy un funcionario electo, entré en la política por casualidad y porque estaba cansado de ser intermediario", y habló de su historia de tres décadas en medios latinos de Miami, los cuales dice son centros de información donde las personas se identifican y van a pedir trabajo, orientación, ayuda y a quejarse de la burocracia y agrega que este fenómeno: "No existe en ninguna parte en los Estados Unidos", pues: "los medios de comunicación de este país no dan acceso a menos que se trate de un programa de participación, nadie puede entrar a un programa en California, en Nueva York o Chicago a decir que se le murió un pariente y no tiene dinero para enterrarlo..."

Siempre fuiste crítico con los megaproyectos y los problemas de la ciudad y te presentantes pa-

ra alcalde luego de ser comisionado por años,
¿entonces entraste con los ojos abiertos?

"Nos encontramos con una ciudad quebrada" -
dijo. "Sabía que la ciudad tenía serios problemas
pero nunca imaginé la magnitud de los problemas económicos" y enumera una letanía de défi-
cits mayores de los programadas, ocultos artificialmente, contratos otorgados sin licitación que
ahora deben pagar y culmina: "encontramos una
ciudad donde el 91% del presupuesto es para
pagar salarios y pensiones con solo 9 centavos de
cada dólar para pagar el gobierno".

En realidad las pensiones representaban en el
año 2000 unos $16 millones de dólares abonados
a los empleados retirados. Hoy son más de $70
millones de dólares. "El salario anual de un tra-
bajador público de Miami es de $76,000 dólares,
pero el salario de un empleado privado es de
$29,000", decía una información reciente de la
cadena de televisión nacional NBC y el Diario de
las Américas local reportó que estos empleados
ganan $120,000 dólares al año y hay bomberos
novatos con salarios de $50,000.

Una de las salidas al problema manejada por la
ciudad es despedir entre 800 y mil empleados
públicos, cosa que ha puesto en alerta a policías,
bomberos y administrativos.

¿Entonces qué va a pasar con los sindicatos y
sus miembros?

"Romper todos los contratos con los sindicatos", nos dice y le recuerdo que fue electo con el apoyo de los sindicatos: "fueron muy perspicaces -dijo- y veían como se malgastaba el dinero en consultorías, planes regionales, planeamiento". Y agrega: "yo era el único contestatario [cuando fue Comisionado], los sindicatos se opusieron a los mega-negocios", o sea como el estadio, los museos y el túnel del puerto.

Según el Diario de las Américas, el municipio ha contraído deudas superiores a los $220 millones de dólares a través de emisiones de bonos que ahora no puede devolver.

¿Pero todos esos no son delitos?

"La fiscalía llama esos delitos no criminales, sino faltas administrativas. Para mí corrupción es lo mismo robarse un millón que botar un millón pero la fiscalía tiene que determinar apropiación", nos dice con su característica expresión de cansancio, pero se refiere a cientos de millones de dólares comprometidos del dinero de los ciudadanos de Miami, los cuales ahora deben pagar la cuenta, tanto como el caso de las multimillonarias pensiones.

"Ninguno de los megaproyectos da beneficios a la ciudad y estamos empeñados en los próximos 35 años", dijo, pero esas construcciones se van a pagar con "bonos" que empeñan a la ciudad, lo cual van a tener que pagar los residentes de

Miami por los próximos 30 años, aportando para ello los terrenos frente al mar de un centro de ciudad más caros al sur de la isla de Manhattan en Nueva York.

"No hay solución -y se encoge de hombros- son acuerdos que se hicieron y hay que rezar para que salgan bien" pues característicamente en el Sur de la Florida los gastos de los proyectos crecen nada más comenzando las construcciones: "la historia se va a repetir, la que vimos con el Centro de Bellas Artes que se convirtió en un elefante blanco durante su construcción y van a decir, ya la comenzamos, hay que terminarla y más dinero público deberá invertirse".

Pero ya la ciudad está considerando elevar las tarifas de servicios en 12,2% e incrementar facturas como el agua y las aguas albañales un 5%. En un momento en que los residentes de Miami ni siquiera disponen de ingresos con los que hacer frente a sus gastos cotidianos. Como su fuera poco el fondo municipal, que en el 2003 tenía $140 millones de dólares, ahora tiene apenas $20, la cuarta parte de la reserva necesaria.

Pero eso de los megaproyectos es escandaloso, sobre en la difícil situación económica que atravesamos...

"Las circunstancias ahora son distintas, el publico tenía [antes] una situación diferente y él [ahora] pueblo clama por mayor austeridad y seriedad".

Hay miles perdiendo sus casas...

"En Miami en julio una de cada 141 unidades de viviendas recibió una carta de *foreclosure* [ejecución de una hipoteca], hay 200,000 en la ciudad", según él lo ha dicho como periodista y como Comisionado: "La gente tiene fatiga de gobierno, no creen en palabras y promesas, tienen que ver acciones" y lo primero que hizo fue: "reducirme el salario, los beneficios, la pensión potencial", en unos $72,000 dólares y al 25% de la pensión a perpetuidad, lo permitido por ley.

Pero eso Tomás ¿no te hace golondrina en una noche de verano?

"Hemos llevado a los jefes de departamento a una reducción de salarios del 12%", respondió: "todos los que ganen más de $50 mil dólares los que ganen menos de $40,000 no, basureros, empleados de parques y otros"

¿Y ves una mejoría con la recesión rampante que tenemos?

"El año que viene va a ser peor para la ciudad, los gobiernos se nutren de los impuestos a la propiedad y este año no los aumentamos la ciudad dejo de ganar $37 millones con respecto al otro año y que viene se estiman $25 menos", dijo.

¿Entonces van a botar empleados?

"Seguir restructurando los salarios y las pensiones" -responde: "teníamos dos alternativas en este presupuesto, o bajar drásticamente los salarios y pensiones de los empleados o despedir a la tercera parte de la fuerza laboral de la ciudad ante un déficit de casi $100 millones". Los costos del gobierno y pensiones, más los planes del seguro de salud seguían subiendo y la solución era rebajar $26 millones en salarios, $43 en pensiones y $9 en seguros de salud. Los empleados, según él: "recibieron unos cortes fuertes".

¿Y estas reducciones y despidos han afectado, o afectarán los servicios de emergencia al pueblo, como policía y bomberos?

"Ninguno, absolutamente ninguno" -enfatiza: "los policías y los bomberos están descontentos y nos demandan en los tribunales y están haciendo manifestaciones frente al ayuntamiento pero no han dejado de ser profesionales", aclara que siguen respondiendo a los incendios, las emergencias y "no hemos tenido un incidente, a ninguna instancia donde los servicios de emergencia hayan sido afectados por este malestar".

¿Entonces qué pasa con los fondos federales de ayuda?

"Ha estado trabado en burocracia en Washington y en Tallahassee [la capital del Estado] y ni siquiera el Condado, ni nosotros, ni las otras municipalidades [ciudades] más pequeñas [Miami es la mayor de 34 en el municipio], han recibido todo lo que se pensó que iban a recibir", responde.

¿De lo prometido nada?

"Es que las restricciones, las ataduras, las regulaciones y el papeleo es tan grande que esa veces imposible", dice. Nosotros perdimos tres millones de dólares simplemente porque se trabó el papeleo y no fue culpa de la ciudad, pero eran demandas de papeles y mas papeles. Creo que se ha gastado más en papeles, más dinero en papeles tratando de justificar el estimulo que el estimulo en sí", agrega refiriéndose a la increíble burocracia que campea en los EEUU.

Miami no es una ciudad dominantemente cubanoamericana, pero ¿qué piensas pudiera representar un aflojamiento de las tensiones entre los dos países? ¿Tal vez más beneficios y negocios para la ciudad?

"No creo que una apertura de Cuba beneficie económicamente a la ciudad de Miami -expresó- es más la perjudica, mientras más apertura mas dinero que se gasta en Miami se lo van a gastar a Cuba", y agrega que no cree que el sistema cubano haya cambiado: "Históricamente he seguido el tema cubano y cada vez que Estados Unidos ofrece un ramo de olivo, Cuba hace algo para obstaculizarlo" y menciona el derribo de las avionetas derribadas en 1996 tras repetidas incursiones en el espacio aéreo cubano y la detención de disidentes.

"No creo que vamos a hacer negocios abiertamente..." -dijo- "porque el gobierno cubano está consciente de los exiliados contaminaríamos el ambiente de la isla y "lo menos que ellos quieren es gente que le estén retando su liderazgo y su autoridad".

¿Entonces, aparte de la política del "exilio"?

"Pienso que habrá que esperar las elecciones congresionales de Noviembre..." y agregó: "ese va a ser un factor determinante", en lo que puede ser el futuro de las relaciones con Cuba y expresó: "si hay una victoria conservadora, republicana en el Congreso, yo no creo que la Administracion haga esfuerzos extraordinarios para hacer una apertura con Cuba".

"La realidad y es triste admitirla..." -dijo- "es que Cuba nunca ha sido una prioridad para ninguna Administracion, sea republicana, sea demócrata" y concluye que tienen muchos prioridades por el resto del mundo y el tema cubano siempre ha quedado pospuesto. "Somos una nación de esperanzas pospuestas...de aquí y de allá".

Bueno de allá no sabe mucho el Alcalde Miami, quien vino de niño de Cuba y le pregunto, como acostumbro: ¿Qué quieres decir que no te he preguntado?

"No todos los políticos son iguales, hay políticos que son buenos, hay políticos que quieren servir, hay políticos que quieren trabajar para la gente y no servirse ellos mismos, los hay y tal vez la gente no debía estar tan defraudada con todos los políticos", agrega.

¿Entonces ésa es la imagen que quieres cambiar en la gente?

"La cultura de la burocracia es frustrante..." finaliza, "y hay gente que se sienten que por trabajar en el gobierno no están obligados a producir y les hacen un favor a la gente cuando les hacen un trabajo, cuando me vaya de aquí si la cultura cambia de burócrata a servidor público ese va a ser mi legado mas importante".

Mucho debe el alcalde de Miami y poco puede hacer en una ciudad en quiebra en medio de una economía en crisis, pero concuerdo con él: el pueblo no confía en los políticos, y en eso, como siempre, el pueblo, tiene la razón.

En Miami electores pobres de la tercera edad
son acarreados a los centros de votación y con
los que votan con las llamadas *boletas ausentes*, se
venden al mejor postor por los *sargentos políticos* de la maquinaria local.

Ganado Electoral (*)

Si hay un fenómeno norteamericano existente desde la fundación de esta gran nación es la corrupción, pero si fuéramos a buscar un lugar donde se mantiene el robo descarado a los fondos gubernamentales, la manipulación abierta de la opinión pública y la compra venta de elecciones para elegir a los políticos más venales y forajidos: ese lugar, sin dudas, es Miami.

En este municipio de la Florida hay 1,207,020 votantes inscritos, de los cuales son de origen latino el 52 por ciento. La mayoría cubanoamericanos y un gran pedazo de ellos el "ganado electoral", integrado por pobres viejitos retirados nacidos en la isla, adoctrinados cotidianamente por la radio latina con el tema de Castro y Cuba, temerosos de perder su magra ayuda de Gobierno si no siguen las instrucciones de los "sargentos políticos" que medran en sus barrios.

Un punto importante en este tema ha sido el crecimiento considerable de las llamadas "boletas ausentes" en los últimos diez años, las cuales hoy suman 173,211. Diseñadas para las personas que por serios problemas personales o de enfermedad no podían acudir a las urnas el día de las elecciones, se han convertido en clave de la "maquinaria política" local, la cual las vende a los políticos a $50 por cabeza.

Otro grupo importante de votos controlados son los viejos latinos, sobre todo cubanoamericanos que sobreviven en los comedores y centros de ancianos pobres, ubicados en su mayoría en las zonas depauperadas Pequeña Habana y Allappatah en la ciudad de Miami. Como dato significativo la hermana del actual alcalde del Condado [municipio] Miami-Dade, la señora María Cristina Penedo, controla 11 de estos centros de ancianos y su socia es Josefina Carbonell, quien fuera asistente del congresista federal Lincoln Díaz Balart, el cual renunciara recientemente, vinculado a un proceso de lavado de dinero de la droga.

Solamente en Miami se dan estas componendas y todavía hay quien se asombra que salgan electos los mismos políticos corruptos que han destruido esta comunidad y cuyo caballo de batalla es mantener el embargo a Cuba para luego exprimir los fondos federales destinados a las llamadas "organizaciones exiliadas por la libertad", las mismas que chantajean, aterrorizan y mantienen subyugado a este "ganado electoral".

A estos viejitos los transportan, si no votan con boletas ausentes por quien les dicen los "sargentos políticos" de barrio, en los ómnibus del sistema escolar local, les dan un refresco y un pan con algo, con una tarjeta con los números que tienen que "ponchar" en su boleta para elegir a quienes determina la maquinaria política local.

Señores, esto es pura democracia representativa al estilo norteamericano, quien lo dude, que venga y lo vea.

(*) Hay otro artículo del autor con el mismo nombre en su libro *Rehenes del Odio*, publicado en el 2005.

OBAMA: VACILANTE, COMPROMETIDO Y ANTI-CUBANO

El panorama gris para los demócratas en las próximas elecciones de Noviembre para la legislatura federal norteamericana y la popularidad en caída del actual ocupante de la Casa Blanca, ponen en la nevera las esperanzas de quienes predecían una flexibilización de restricciones de los viajes de norteamericanos a la isla y un resultado positivo de las conversaciones para la liberación de Alan Gross, el espía preso en La Habana desde diciembre de 2009 y la liberación de Los Cinco, tres ciudadanos cubanos y dos norteamericanos, cumpliendo largas condenas de cárcel en Estados Unidos, o al menos visados a las esposas de dos de ellos para que los visiten.

La visita reciente a La Habana del senador demócrata Christopher Dodd y las conversaciones del subsecretario de estado Arturo Valenzuela con el canciller cubano Bruno Rodríguez en Nueva York, no pasaron del intercambio sobre ron y café cubano: ni siquiera llegaron a tratar el restablecimiento del correo directo entre ambos países y el mejoramiento de las regulaciones migratorias que afectan a 2 millones de cubanos y descendientes en los Estados Unidos y Puerto Rico.

Los tímidos e insuficientes intercambios culturales, al nivel de la visita del estrellas del arte cubano como Silvio Rodríguez, Alicia Alonso u orquestas como Los Van Van o la Aragón, no pasan más allá de algunos titulares y de aisladas presentaciones afortunadas en un solo sentido, pues la necesaria reciprocidad hacia la isla no ha pasado de elitistas clásicos, de danza o jazz, sin influencia mayor entre los cubanos.

DESDE LA ÓRBITA DEL
DEPARTAMENTO DE ESTADO NORTEAMERICANO

Aunque existiera una intención -que no la veo-, la posición de la Zarina de las relaciones exteriores norteamericanas, la Sra. Hilary Clinton y su equipo, es totalmente contraria a un avance en las relaciones entre ambos países y no podemos olvidar sus declaraciones hace unos meses en la Universidad de Louisville en Kentucky de que el liderazgo cubano no estaba interesado en normalizar las relaciones porque ello "les haría perder su excusa por el estado del país".

La respuesta cubana fue de acusar a Estados Unidos, la Unión Europea y la prensa internacional de una campaña mediática contra Cuba, como dijera el periódico del Partido Comunista de Cuba, Granma, el principal de la isla: "El imperio y sus aliados han lanzado una nueva cruzada tratando de demonizar a Cuba y desestabilizar al país", decía el editorial en la primera plana.

El propio Canciller cubano aseguró que la isla ha perdido más de $96 mil millones de dólares a consecuencia del embargo y acusó al Presidente Obama de no "hacer lo suficiente" para terminarlo, a pesar de sus promesas de mejorar las relaciones y dijo además Bruno Rodríguez que el bloqueo era "obsoleto e inaceptable y debería ser levantado". La respuesta de la Administración norteamericana fue extenderlo por otro año.

UNA POLÍTICA UNILATERAL

El embargo norteamericano es una agresión directa al pueblo cubano, dirigido a rendir por hambre a una nación y al desangramiento de sus profesionales e intelectuales emigrando hacia los Estados Unidos, lo cual ha sido su caballo de batalla ante la falta de una política eficaz de las administraciones norteamericanas en las últimas cinco décadas contra la Revolución cubana.

No puede culparse del mantenimiento de esta política solamente al cabildeo de los grupos cubanoamericanos pro-embargo, los cuales como el US-Cuba Democracy, desde el 2004 reunieron más de $2.7 millones de dólares, entregando hasta finales del año pasado a candidatos federales que apoyaban su causa $1.7 millones. Los promotores del embargo, ya sea organizaciones o personas, le han pagado a candidatos y políticos electos federales en los últimos seis años mas de $11 millones de dólares.

Cuba no es un tema priorizado de relaciones exteriores, porque se considera un asunto de "política nacional" más orientado a escuchar a un grupo de Miami que a los llamados de la comunidad internacional y al hecho de que en política exterior no ha funcionado la intención de rendir por hambre y enfermedad al pueblo cubano. La prueba está que cuando se derrumbó el campo socialista, a pesar de los sufrimientos que la población cubana tuvo que soportar, el llamado "Período Especial" no colapsó a la Revolución.

En lo que sí ha sido efectivo el embargo es condenar a generaciones de cubanos a la separación familiar, a los emigrados en el exterior a gastos desmesurados en llamadas telefónicas, viajes y envíos de ayuda a sus seres queridos, mientras son sometidos a controles y restricciones que violan sus derechos civiles en los EEUU, por el ucase de declarar como terrorista a Cuba, mientras países como Corea del Norte y Libia son excluidos de los listados por intereses económicos y políticos de Washington.

LAS EXCUSAS DEL IMPERIO

Las respuestas de la secretaria de Estado Hilary Clinton ante el Senado de los Estados Unidos muestran la doble cara de la Administración Obama que expuso una política de flexibilización y normalización de las relaciones a la cual renunció ante la presión de los poderosos grupos económicos y el cabildeo de los extremistas cubanoamericanos, posponiendo -como es costumbre en la política de este país- promesas de campaña ante intereses.

El anunciado "mensaje al pueblo cubano" planteado por la Sra. Clinton de que los Estados Unidos intentaban "jugar un papel en su futuro" se quedó en el levantamiento de las restricciones de viaje a los cubanoamericanos a la isla, en la búsqueda de que sirvieran de "embajadores importantes del cambio en Cuba" (!!), mientras por otra parte mantienen el embargo que prohíbe los vuelos comercial regulares y los viajes cuestan una fortuna para ellos: ¿a quién pretenden engañar?

Las declaraciones ese día de la Sra. Clinton mostraron la verdadera cara del cambio prometido de la Administración Obama y cito: "El presidente-electo Obama cree además que no es el momento para levantar el embargo a Cuba especialmente porque proporciona una fuente importante de influencia en el avance de los cambios en la isla". Olvidémonos de promesas en la flexibilización de las ventas unilaterales -no hay reciprocidad de comercio con Cuba-; la cooperación en el tema del tráfico de drogas con un país que declara terrorista y con el cual no tiene relaciones diplomáticas; la propia condición absurda de declarar a Cuba país terrorista o promotor del terrorismo o el tema de las discusiones para una explotación ordenada de reservas petroleras en las profundidades del mar entre dos países vecinos.

La Guerra Fría terminó, pero contra Cuba sigue

Si hay algo que no caracteriza las relaciones entre Cuba y los EEUU es el sentido común. Cincuenta años de enfrentamientos y sufrimiento de la familia cubana no han producido el resultado esperado: el pueblo cubano no se rinde y planes, tras planes, de los analistas del Departamento de Estado solo producen gastos multimillonarios del dinero de los impuestos de los ciudadanos de este país, sin resultados visibles.

En el caso de la Sra. Hilary Clinton sus "revisiones y análisis" de las relaciones con la isla no han dado resultados concretos -a no ser la detención en La Habana de uno de sus contratistas- y suponiendo que tuviera algo de razón en que el Gobierno cubano sabotea los intentos de normalización para mantenerse en el poder: ¿no sería llevarles la contraria una solución y emplazarlos a las conversaciones y relaciones un reto?

Nada más que alejándose del enfoque de George W. Bush de cancelar todos los contactos, lo cual hasta para los más reaccionarios sectores de la comunidad cubanoamericana en los Estados Unidos era excesivo y escuchar los llamados de la mayoría de los países latinoamericanos para terminar con el embargo, las relaciones con el continente hubieran mejorado y no dejarían aislado a este país en otro tema importante de sus contactos con el Sur.

No solo es esta política errónea, sino estúpida, pues la promoción del intercambio de "people-to-people" (contactos de persona a persona) sería una estrategia inteligente, como la que se ha venido desarrollando en otros países, como Vietnam donde hubo una guerra donde murieron 58,000 norteamericanos. ¿Por qué Vietnam sí y Cuba no? ¿De dónde sale esa fascinación enfermiza con mantener la hostilidad contra Cuba?

LOS CUBANOAMERICANOS SON CIUDADANOS DE TERCERA EN ESTE PAÍS

El hecho de prohibir y limitar los viajes y la ayuda familiar de los cubanoamericanos a sus seres queridos en la isla, con la arrogancia típica del gobierno norteamericano los ha colocado en la condición de ciudadanos de tercera categoría en franca violación de sus libertades civiles, establecidas por la constitución de este país, lo cual fue discriminativo e inaceptable y lo es ahora cuando la Sra. Clinton y el presidente Obama mantienen esa discriminación contra otros ciudadanos y residentes que exigen su derecho a viajar legalmente a la isla.

Es una actitud hipócrita y despreciable atacar a Cuba por su expediente de "derechos humanos" de país comunista y mantener las restricciones a las libertades individuales aquí, prohibiendo la libertad de viaje y comercio, lo cual no solamente afecta la libertad de los ciudadanos, sino los intereses de miles de pequeños negocios y empresas que pudieran beneficiarse del libre intercambio comercial con la isla, lo cual hacen cientos de otras naciones, 183 de las cuales votan tradicionalmente contra el embargo norteamericano en las Naciones Unidas.

Políticas miopes, contradictorias y faltas de perspectiva como ésta son las que mantienen desfasada a la política exterior de los Estados Unidos en Latinoamérica y si continúan tratando a Cuba como un tema de política nacional, obviando su condición de aspecto clave en la visión del mundo sobre como este país se propone avanzar y no anclarse en un pasado de resentimiento y prepotencia.

Las relaciones con la isla son una necesidad actual y el hecho de detener el sufrimiento de la familia cubana pasa por casa, pero sobre todo por poner en la mesa los intereses continentales de los Estados Unidos y no los de un grupo miope y estúpido que durante demasiado tiempo ha mantenido la política exterior con Cuba detenida en el tiempo: la prueba de la ineficacia y la ignorancia de esta Administración se basa en temas como este y el hecho de esperar a tomar decisiones por una prueba de popularidad presencial o un período de elecciones demuestra lo vacilante y falaz del Gobierno que nos gastamos en Washington.

MANIFIESTO PARA EL DOLOR

Creo que esto no aguanta mas, no porque la economía este mala, o porque el petróleo se demora, o los turistas americanos tal vez vienen, sino porque entre nosotros mismos no encontramos la palabra mágica para las llaves de la sinceridad.

Pero para mí es sencillo: se llama respeto.

Respeto a la emigración cubana que ya suma millones de cubanos desperdigados por el mundo.

Respeto a quienes disienten con amor y no se escuchan.

Respeto al futuro que pasa por las miserias del presente.

Hemos presenciado en silencio y sufriendo durante demasiado tiempo los dislates de la política, los egos de los ilustrados, las perretas de los consentidores. Pero ya basta.

Con la familia y nuestros demonios a cuestas hemos sembrado futuro en las cuatro esquinas del horizonte, siempre con la pregunta: ¿hasta cuándo? Y hoy, cuando la Patria nos necesita a todos, se cierran las puertas, suenan cerrojos y aldabonazos de histeria llegan de las plañideras.

No es un tema de partidos, no es asunto de manuales, ni siquiera trama de discursos: la realidad es una, necesitamos una Nación con todos y por el bien de todos, donde el derecho sea la justicia, donde no se time a la esperanza, donde la fuga no sea el refugio, donde todos y cada uno seamos, al fin de cuentas, cubanos plenos.

Me canso de papeles para el regreso, de pagar con esta verde moneda de patriotas ajenos los minutos del encuentro, las cartas de la desesperanza y de ver en mi gente, en cada regreso de su tierra, la tristeza del encuentro truncado y las separaciones imperfectas.

Ni soy político, ni profeta, ni iluso, pero hace tiempo que dejé de ver, en esta ciénaga de la angustia, donde mi gente, a sudor y sangre ha plantado flores, la necesidad de orgullos o el brillo de medallas: el momento es ahora, o la historia, es decir, el pueblo, le pasará la cuenta a quienes no poseen la virilidad ante la tempestad y la respuesta acerada, y necesaria, del honor postergado.

Es hoy cubanos, que la Patria debe contemplarnos orgullosa.

La Verdad no Ofende

El abrir el periódico esta mañana y encontrarme con la elección de dos de las criaturas más fascistas dentro de la comunidad cubanoamericana, Marcos Rubio para el senado y David Rivera para el Congreso, a pesar de su historial público de estafas con el dinero público y falsedades, muestra no solamente la eficiencia de las maquinarias políticas y el "ganado electoral" que controlan.

Esta es sólo una parte de la verdad. En el campo de la llamada "izquierda" dentro de la comunidad cubanoamericana existen hechos indudables que marcan la falta de una influencia alternativa para oponerse a estos sectores, como es el caso de la radio "alternativa" está controlada por el ego y la codicia de desertores y contrarrevolucionarios activos, ahora "reciclados" hacia la izquierda.

En el caso de la prensa no existen medios escritos, pues desaparecieron el de Luis Tornés, ex expedicionario de Girón -ya fallecido-, con Miami Post; La Nación Cubana, dirigido por un servidor y el decano Réplica, de Max Edgardo Lesnick Menéndez, quien traicionó a la Revolución en 1961 y a quien el propio Fidel Castro calificara en sus memorias de "politiquero barato".

Lo que sí subsiste son programaciones de radio con pomposos nombres en estaciones de tercera que solo cubren una pequeña parte del sur de la Florida, como es el caso de la llamada Radio Progreso, de Francisco González Aruca, multimillonario con sus agencias de viajes y chárter a Cuba, y la llamada Radio Miami, del Sr. Lesnick, también un retirado millonario. Se agregó recientemente el programa "La tarde se mueve" del ex-reportero de Univisión Edmundo García.

Al estar controladas estas programaciones por personas sin una educación marxista, que han residido fuera de Cuba durante el período revolucionario, sus líneas editoriales no responden a una creciente comunidad cubana que en los últimos 20 años ha crecido hasta más de 350,000 personas, sin contar el flujo de latinoamericanos, atraídos por la promesa de trabajo en la multilingüe Miami.

Las organizaciones de izquierda de la comunidad cubanoamericana se han ido encerrando en sí mismas al estilo de sus similares de la extrema derecha "exiliada", como el caso de la llamada Alianza Martiana, a quien uno de sus fundadores, biznieto de tuneros mambises calificara en una carta de renuncia de "un estado *menor* no mayor, sin ejército" por su concentración en desertores y reciclados del exilio de los años 60 y su rechazo a integrar a jóvenes arribados recientemente y educados por la Revolución, o latinoamericanos.

No se puede culpar al tigre por ser tigre, la extrema derecha lucha por sus posiciones políticas y las consigue, pero sí a la rata por ser rata: cuando esconde tras consignas gastadas y divisiones, aparece su verdadera piel de mercenario codicioso entre su pléyade de seguidores amaestrados. No es en la defensa a ultranza de lo que aprecian como intereses de grupos extremistas y desfasados en La Habana que se lucha por la causa, o se defiende a la nación.

Los cientos de miles de dólares que se invierten en estas plataformas del ego y altares de la calumnia o el insulto no son, solamente una negación de lo que es la lucha revolucionaria por los intereses reales de la Revolución, es también una alienación total de la comunidad a la que deberían informar y atraer: se convierten, por tanto, en instrumentos claros del enemigo.

Nombres y apellidos existen, pero quienes los aúpan y financian, son tan culpables de este desastre para los verdaderos intereses de la comunidad, como todas y cada una de las voces de este coro de mercenarios y traidores, tan culpables de los resultados victoriosos en las urnas del fascismo y el extremismo de derecha, como quienes son enemigos declarados del pueblo cubano y su Revolución.

MAL DE MUCHOS,
CONSUELO DE TONTOS

Los resultados de las recientes elecciones en los
Estados Unidos desinflaron la burbuja de los
"politólogos" y "ultraizquierdistas" de tertulias
de picadillo y café con leche de Miami, donde en
sus programas de emisoras de tercera predican -
entre anuncios de viajes a Cuba- lo importante
del voto y el rechazo internacional contra el embargo, mientras sus propios esfuerzos por integrar a la comunidad cubanoamericana a esta
importante causa no pasa de tertulias en el res-
guardo de las piscinas de las mansiones.

Lo cierto es que ni ellos mismos se creyeron el
cuento de que la Administración Obama iba a
levantar de buena fe las restricciones de viajes
de los norteamericanos a la isla y promover un
"deshielo" de las relaciones con Cuba. Por ninguna parte, excepto deslices en los blogs de
"fuentes bien informadas dentro de la Casa
Blanca" o los susurros de los lobistas cobrando
cientos de miles de dólares para cabildear, existía confirmación oficial de este propósito.

La realidad es la perspectiva de la lesbiana de
origen judío Ileana Ros-Lehtinen encabezando el
Comité de Relaciones Exteriores del Congreso y
allí, con el apoyo de los también republicanos

146

por la Florida, como el sobrino de Fidel Castro, Mario Díaz Balart, el recién electo David Rivera y el demócrata por Nueva Jersey Albio Sires, aparte de los senadores Bob Menendez (D-NJ) y el extremista de derecha Marco Rubio (R-FL), la cosa no se ve bien, sobre todo cuando se agregará el eternamente tostado -del sol- Connie Mack (R-FL), en el Subcomité de Relaciones Exteriores para el Hemisferio Occidental.

Por supuesto, lo que sucede conviene. Ileana no tiene la capacidad intelectual ni el capital político para una posición de esa magnitud, donde el tema de Cuba es un punto dentro de las miles de líneas de la política exterior de los EEUU, muy mal parada por cierto en sus relaciones continentales y Marco Rubio tiene la tarea ahora de demostrarle a sus seguidores ultra reaccionarios su verdadera cara y jugar pelota en las grandes ligas de la política de Washington.

Pero personitas como la Ileana son de tomar y pongo varios ejemplos: ella -y lo dice el New York Times- cabildeó desde los 90 fuertemente por la liberación del terrorista confeso Orlando Bosch, responsable por docenas de atentados y la explosión en 1976 del avión cubano en Barbados donde murieron 76 personas; además, cuando el intento de Golpe de Estado en Venezuela en el 2002, se refirió al coronel golpista Pedro Soto como un "gran patriota". Ambos están hoy libres en las calles de Miami.

Continuando su historia en el 2005 trabajó fuertemente por la liberación de otro terrorista confeso: Luis Posada Carriles y al año siguiente dijo en una entrevista: "aplaudo a cualquiera que asesine a Fidel Castro" (!). Su historia de extremismo sigue con Honduras, cuando apenas tres días después del golpe militar contra el gobierno democráticamente electo, les expresó en una carta al presidente Obama su respaldo a los golpistas, criticando a la Administración por adherirse a la condena de la OEA y las Naciones Unidas.

Pero volvamos al embargo, una agresión genocida contra Cuba, el precio pagado por el pueblo cubano por su voluntad de soberanía y Revolución. No nos llamemos a engaño: a menos que ambas partes negocien sobre la base de respeto y temas comunes, no se va a levantar este bloqueo. Actitud que no veo en un futuro próximo por parte de un Imperio prepotente y rapaz. No señor.

Pero no todos estamos limpios de culpa y tampoco está perdida la esperanza de hacerle mella a esta política. El desestimar las voces llamando a utilizar los recursos de la política norteamericana, con sus formas de cabildeo y presiones a los grupos de poder, y sobre todo la falta de un método para integrar a la comunidad cubanoamericana a este objetivo, no son soluciones relegadas, sino partes del problema.

No es con tertulias y programas de radio en estaciones cuyo alcance no cubre ni el diez por ciento del área de Miami que se crean estados de opinión y combate efectivamente la desinforma-

ción contra Cuba. Un concierto de Silvio Rodríguez ha creado más impacto en la opinión pública nacional norteamericana que los cientos de
miles de dólares invertidos cada año en donaciones a estas tertulias y conversatorios radiales de
unos pocos.

El considerar al conjunto de la comunidad cubanoamericana emigrada como un todo de
enemigos y terroristas no es solo un error escato-
lógico de proporciones colosales: es una mentira
y una excusa satisfactoria a los intereses de la
contrarrevolución activa promotora del bloqueo,
el terrorismo y los ataques constantes contra el
pueblo cubano, así como a sus mercenarios cuya
labor es confundir y dividir tanto en Miami como
en La Habana.

Llorar por la leche derramada y asombrarse del
voto sin consecuencia de las Naciones Unidas
sobre la verdad de Cuba y su Revolución demos-
trada con 50 años de luchas y sacrificios, va más
allá de la simple ignorancia o ingenuidad, es la
inercia y malicia de aquellos integrantes de la
Quinta Columna dividiendo y desorientando a
los nuestros, tanto en los Estados Unidos como
en la isla.

Debemos despertar en un amanecer de victo-
rias y no regodearnos en las derrotas vendidas
por la codicia y la maldad: quienes nos educamos
en el ejemplo de la Revolución, no permitiremos
entregar nuestros ideales y las conquistas a sudor y sangre de todo un pueblo, por cantos de
sirena de aquellos traidores de entonces, ven-

diéndonos hoy la entrega al enemigo con el regreso al capitalismo.

Quienes traicionaron una vez, lo hacen de nuevo tras sus atuendos devotos y empolvadas ga-
rras: no es en la cohorte de pedigüeños y rastre-
ros que se encuentra a los buenos, el coraje se
prueba en el combate y la virtud ante la vida: la
historia de estos personajes prueba a luz de todos, quienes fueron y a quienes sirven hoy.
Abramos paso a los que aman y fundan, no a
quienes odian y deshacen.

LA INDUSTRIA DE VIAJES A CUBA Y LAS AYUDAS
FAMILIARES A LA ISLA, ESTÁ PENETRADA POR GRUPOS
DE ESPECULADORES Y TRAFICANTES DE MIAMI:

LOS PRÍNCIPES DE LA ESTAFA

El control de los viajes, paquetes y dinero que
los familiares envían a sus seres queridos en
Cuba por parte de especuladores y agencias de
viajes ilegales de Miami, ha representado la
pérdida para la industria de viajes a la isla bajo
licencia federal de más de $59 millones de dóla-
res lo cual puede perjudicar los viajes, según
fuentes de estas compañías que prefirieron no
ser mencionadas.

La especulación con la reserva por estos grupos
y algunas agencias inescrupulosas bajo licencia
federal de grandes cantidades de asientos en los
vuelos chárteres, han representado que la ocupación de estos vuelos diarios a La Habana y
otras cuatro ciudades del país se han mantenido
operando por debajo del costo de operaciones,
representando pérdidas considerables a estas
compañías e ingresos sustanciales a los especuladores.

Hoy en día en el precio promedio de $340.00 a
La Habana, se estima que los chárteres pagan a
Cuba por pasajero unos $179.00 por concepto de
derechos de aterrizaje, seguro médico y servicios
en los aeropuertos cubanos, así como el combustible para los aviones cuando fuera necesario a

un costo de casi $5.00 por galón, casi el doble del precio en territorio norteamericano. Todos estos pagos están controlados por disposiciones federales de los EEUU.

Las agencias de viajes en los EEUU reciben comisiones entre $40.00 a $50.00 dependiendo del volumen de negocios con los chárteres, los cuales pagan por concepto de proceso de los pasajeros como está establecido en la reglamentación del Departamento del Tesoro para los TSP (Travel Service Providers), las agencias de viajes con licencia federal, las únicas autorizadas para el proceso y venta de pasajes.

Los viajeros a Cuba pagan un promedio de $70.00 del sobrepeso por encima de las 44 libras limitadas para estos vuelos, lo cual se cobra a un $1.00 por libra de exceso. Esto no implica las voluminosas maletas de las llamadas "mulas" que cotidianamente transportan carga comercial disfrazada como equipaje personal, lo cual es una pérdida extra para las compañías chárteres y una violación de las regulaciones aduaneras de ambos países.

Durante la administración republicana de George W. Bush las limitaciones de viajes a la isla a las familias cubanas, obligó a éstas a buscar otras soluciones para sus viajes y aparecieron las llamadas "licencias religiosas", en las cuales pastores y babalaos -sacerdotes de la santería- sin escrúpulos cobraban hasta $200.00 por un pedazo de papel que "autorizaba" al viajero a ir a Cuba por razones religiosas.

Este mercado era controlado por estos traficantes, muchos de ellos delincuentes con cargos federales, lo cual quitó el control del procesamiento de los viajes de manos de las agencias con licencia federal y permitió la creación de estas redes de estafadores, las cuales son responsables del incremento excesivo de los precios, la inestabilidad de los viajes y las pérdidas que sufren las compañías de vuelos chárteres a Cuba.

En los últimos años, el arribo desde la isla de delincuentes y traficantes del mercado negro, los cuales se han vinculado exitosamente al tráfico de paquetes de ayuda y dinero a las familias cubanas, conlleva a constantes estafas, pérdidas y decomisos por parte de las Aduanas norteamericana y cubana por envíos ilegales a través de las llamadas "mulas" que explotan la necesidad de contacto de la comunidad cubanoamericana que viaja y mantiene relaciones con sus seres queridos.

Como un ejemplo del daño que hacen estos grupos de delincuentes operando ante la inercia de las autoridades norteamericanas, hasta el 29 de octubre pasado, mas de 2,902 pasaportes cubanos se mantienen retenidos en el Consulado de Cuba en Washington DC, por problemas con su confección, como resultado de la ineficiencia de estas oficinas ilegales que operan sin licencia federal ni los permisos correspondientes de las autoridades cubanas.

Para el mes de Diciembre, etapa tradicionalmente alta de los viajes de cubanos residentes en el exterior a visitar a sus familias con motivo de las fiestas navideñas, se piensa que los precios de los pasajes puedan alcanzar hasta $700.00 a la Ciudad de la Habana, entre el costo del ticket y el pago de sobrepesos, por concepto de la especulación de estos grupos, lo cual afectó y afectará a las más de 270,000 personas que se estima viajen este año.

De continuar esta situación los precios de los pasajes a La Habana pudieran superar los $420.00 en temporada baja y llegar a $550.00 en meses como diciembre y en enero, cuando gran cantidad de vuelos "Ferry" (saliendo vacíos de Miami) van a recoger a las personas que viajaron a celebrar las Navidades en Cuba, todo esto sin contar los sobrepesos de equipajes que pudieran superar los $200 por persona.

Como dato interesante, fuentes de La Nación Cubana en la industria de viajes a Cuba reportan que gran parte de la ropa y los electrónicos transportados desde Miami para alimentar al mercado negro en la isla por la vía de las llamadas mulas, son parte de robos a transportes o almacenes del sur de a Florida, lo cual se ha convertido en un lucrativo negocio para estas cadenas de especuladores y traficantes.

¿Quo Vadis USA?

Las recientes elecciones en los EEUU demuestran, aparte de la aplastante derrota del Partido Demócrata, el poder del dinero y la publicidad en el sistema político norteamericano.

Pero hay otras lecciones reveladoras de lo profundo del deterioro de la sociedad norteamericana, más allá del triunfo abrumador de los republicanos con la derrota más aplastante en cien años de sus rivales tradicionales, perdiendo sesenta asientos en el Congreso y seis en el Senado federales. Sencillamente no se le presenta al pueblo con un liderazgo viable y por tanto, la gente, o no vota, o se va por las lucecitas de colores de la televisión.

Únase a ello la recesión económica actual, cuyos niveles ya no tienen nada de las teorías de procesos "cíclicos", con uno de cada cinco trabajadores norteamericanos desempleados, las inversiones estancadas, un Gobierno sin soluciones, con una deuda de trillones de dólares de billetes circulando sin respaldo y tendremos una pequeña idea del desastre en que se encuentra la mayor economía del mundo.

¿CUÁLES PUDIERAN SER LAS SOLUCIONES?

Los Republicanos firmemente asentados en

ambas Cámaras legislativas federales y la impresión entre el electorado del fracaso del "Plan de estímulo de Obama", así como sus iniciativas sobre incrementar el gasto público para detener la recesión, limitarán cualquier propuesta en esa dirección, lo cual es absurdo, pues sin apoyo de inversión gubernamental las soluciones de nuevo estímulo económico no serán posibles.

Estados Unidos debe incrementar sus producciones en "nuevas industrias" como una vía de vender productos y servicios en el mercado internacional, tales como biotecnología e informática, pero además es importante el desarrollo, abandonado en las últimas décadas, de nuevas formas de energía renovable y protectoras del medio ambiente, como funcionan exitosamente ya en China, Japón y Europa, sin olvidar la creación de empleos en la reconstrucción de la tremendamente deteriorada infraestructura de transporte y de servicios básicos del país.

Pero, ¿permitirán éstas dinámicas los Republicanos? Francamente no lo creo, pues ni siquiera han aceptado el exitoso "salvamento" de las fábricas de automóviles norteamericanas.

Si el país regresa a la estructura económica causa de esta recesión, con la dependencia del petróleo extranjero, un sector financiero promoviendo los rejuegos del crédito y el financiamiento "de papeles", el cierre de fábricas y el incremento del déficit de intercambio con Asia, el dólar llegará al punto de no ser más una moneda internacionalmente confiable como instrumento de intercambio comercial.

Obama no solamente ha sido un presidente canijo en encontrar soluciones para la crisis nacional, sino que además ha perdido su credibilidad ante la opinión pública con respecto a sus iniciativas, por tanto, no vemos mucho futuro en el logro exitoso de sus proyectos. La clase media perdida y el apoyo de los votantes jóvenes favoreciendo a los republicanos en las últimas elecciones, son ejemplo de su pérdida de popularidad.

LAS RECIENTES ELECCIONES: NO UN TRIUNFO REPUBLICANO, SINO UNA DERROTA DEMÓCRATA

El Partido Republicano continúa dividido y débil a pesar de los resultados electorales, no tanto como los demócratas, pero continúan sin un liderazgo nacional concreto, de un lado se muestran figuras como Karl Rove, Haley Barbour, Mitt Romney y Mitch McConnell, y en la otra orilla los ultra reaccionarios del "Tea Partie" como Sarah Palin, Mike Huckabee y Glenn Beck.

Los resultados de la votación mostraron la pérdida de fe por parte de los negros y los latinos, así como una afirmación republicana entre las mujeres trabajadoras anglos y los jóvenes, como había mencionado, así como los blancos sin educación superior -el 39 por ciento del electorado-, los cuales, o se abstuvieron o votaron mayoritariamente hacia la derecha, lo cual marca peligrosamente la posibilidad de un Mitt Romney en la Casa Blanca en el 2012.

La inestabilidad política de este país, producto de su descomposición económica, se agravó con las promesas fallidas de Obama y su Partido, incapaces de cumplir la plataforma política propuesta de renovación y reforma, lo cual ha desilusionado mayoritariamente al pueblo norteamericano. Las tradicionales lealtades políticas no funcionan cuando la recesión sigue apretando y el equilibrio, mas inestable, entre los grupos de poder, demuestra la falta de liderazgo.

¿QUÉ PASÓ EN LA FLORIDA?

Como era de esperar en elecciones sin el atractivo de la elección presidencial, la votación fue de apenas un 53% de los casi seis millones de votantes del estado, mucho menos en el sur con el 42%, lo cual muestra una consecuencia de la falta de confianza de los demócratas e independientes, alienados por el mencionado fracaso de la política económica de la actual Administración y la falta de confianza en la gestión del presidente Obama.

Pero la derrota demócrata en la Florida tiene otras causas, las cuales van más allá de las excusas y radican más en el racismo y la separación de clases. Muestra de ello es la minoritaria votación demócrata en las elecciones estatales, pues de los 5,700,000 votantes del estado, el

36% del total en votar fueron demócratas, 35% fueron republicanos y 29% fueron votantes independientes.

Ejemplos como el caso de Alex Sink, candidata a Gobernadora, su campaña se concentró en el norte de la Florida (donde apenas consiguió el 16%) y dio la espalda a los negros y los latinos, así como olvidó al sur de la Florida, con un desastre -a pesar de tener $31 millones de dólares para su campaña- que la llevó a perder 35 de los 67 municipios. Sin embargo el sur, donde tradicionalmente los demócratas salen victoriosos, votó mayoritariamente por ella con 750,000 votos contra 484,000 para su oponente, Rock Scott.

En la campaña por el Senado federal, el negro Kendrick Meek, sin una oportunidad de triunfo desde el comienzo y una campaña desastrosa, se mantuvo como candidato a pesar de la insistencia de su propio partido. Figuras como el ex presidente Bill Clinton le hicieron visitas "de cortesía" para pedirle su retiro, lo cual hubiera permitido, si se hubiese retirado de la contienda en septiembre, al candidato independiente Charlie Crist ganar ese escaño y derrotar al extremista de derecha Marco Rubio.

¿QUO VADIS USA?

El futuro se presenta más negro que la piel del actual Presidente, con la extrema derecha agitando en los medios, con una fuerte presencia republicana en la legislatura de los estados así como al nivel federal y un desempleo creciente, muestra de la crisis económica nacional norteamericana a la cual no se le avizora un fin cercano, con las vacilantes y mal dirigidas medidas de esta Administración demócrata.

Sin temor a equivocarme puedo predecir tiempos peores para el pueblo norteamericano, pagando con su sudor dos guerras imperialistas en Afganistán e Irak y las intenciones imperiales de los grupos de poder que incrementan sus beneficios mientras los costos de la vida suben progresivamente y no existe un liderazgo político nacional que pueda conducir a las soluciones necesarias, de estímulo económico y nueva oportunidades de trabajo.

Otros imperios han sufrido esto que los Estados Unidos enfrentan hoy, tal vez los barbaros ahora vendrán de Asia.

PROMOTORES DE MIAMI Y COMPINCHES EN CUBA,
LAVAN DINERO, IMPORTAN MERCANCÍA ROBADA,
PROMUEVEN PROSTITUCIÓN Y USURA, EL MERCADO
NEGRO, VIOLANDO LA LEY NORTEAMERICANA Y CON
PÉRDIDAS MONUMENTALES A LA ECONOMÍA CUBANA.

DE *BISNERO* A MACETA

Regino es un hombre fornido, de piel un poco
más que bronceada de sol sin ser moreno, de pelo rizado y evidentemente educado, como la mayoría de los cubanos recién llegados a Miami.
Está de visita según él, invitado por un tío que
se declara expreso político cubano, aunque por
su pinta otras cosas pudieran haber provocado
esa etapa de su vida.

En este "eficiency" de Pequeña Habana, pequeños apartamentos agregados ilegalmente a las
casas de latinos en las zonas pobres del sur de la

Florida para mitigar la crisis y poder pagar los impuestos, lucen en repisas figurillas de porcelana con pequeñas botellas de ron cubano y fotos de parientes.

Pero mi inspección del ambiente se detiene en seco, cuando de la puerta de la minúscula cocina, separada con una ondeante cortina multicolor de bolitas de plástico, surge, con una bandeja de humeante café, una despampanante mulata.

"Esta es mi mujer Yurelys" -advierte el tío, mientras ella se inclina para entregarme el obligado empalagoso brebaje de amargo café mezclado con frijol. "Nos conocimos en el pueblo en Cuba y nos casamos allá. La traje hace poco" -agrega el flamante marido, el cual a pesar de sus tintes refleja con mucho los 40 años de diferencia con ella y para demostrarlo le asienta una nalgada, mientras refulgen los dientes de oro de su sonrisa.

"Yo los presenté", nos dice Regino y agrega: "la visita del tío fue una bendición para mí cuando llegó al pueblo" y todos asienten. "¿Fumas?", me dice, mostrando una cajetilla, niego con un gesto y me invita a salir al patiecito del lugar: "El tío es asmático", dice en voz baja, mientras esquivamos plantas y tendederas de ropa tendida al sol en el pasillo hacia el patio.

Regino es uno de los afortunados "macetas" de la realidad cubana y esa tarde fresca, poco frecuente en los asfixiantes barrios marginales de Miami, me explica cómo evolucionó de su pueblecito polvoriento cubano a la capital y más tarde a dueño de su propio negocio en el mercado negro cubano. De *Bisnero*, o buscavidas callejero, a Maceta, persona con capital para invertir o controlar lo mismo prostitutas que los famosos "paladares" -pequeños restaurantes privados de la isla- o prestar dinero "al garrote" -o sea, a por cientos hasta el 50% del préstamo.

No es una persona sin educación -la mayoría en Cuba no lo es- y según él se graduó de Lengua Inglesa en el Instituto Superior Pedagógico de su provincia, aunque su inglés, algo tosco y de fuerte acento para mi oído, funciona en una conversación. Me mostró su carné de la Juventud Comunista, a la que dice perteneció en su pueblo hasta emigrar a La Habana y comenzar a trabajar en una empresa nacional.

Su evolución a capitalista la provoca la visita de su tío de Miami el cual como tantos otros "exiliados" ostentosamente de línea dura anticomunista en tertulias de parques y emisoras de radio, se escabullen en uno de los seis vuelos diarios a La Habana a buscar carne mulata y dárselas de ricachones en los pueblos, gastando unos cuantos cientos de dólares que en La Florida no les alcanzan ni para el alquiler.

Regino conoció al tío en su primera visita y le presentó a Yurelys, la cual en ese entonces era una de las muchachas del pueblo, administradas por él en la "lucha" -prostitución- por la supervivencia. Pero él mismo reconoce esa visita le cambió su vida: "Mi tío me abrió los ojos, pasé de *raspuñar* quilos a manejar billete", dice con un brillo húmedo en sus ojos, mientras chupa su cigarrillo con avidez.

Este personaje, como muchos otros, es el enlace en la isla de los más de 40,000 viajeros "repitientes" de los 270,000 pasajeros que anualmente toman los vuelos de Nueva York y Miami a cinco ciudades cubanas. Es decir, más del 14% de estos pasajeros de los vuelos chárteres viajan decenas de veces al año a Cuba, como mulas de maletas repletas desde cepillos de dientes hasta paquetes de café mezclado con frijol para ser degustado en los paladares a un CUC -la moneda dura cubana- la tacita.

Los pequeños aportes de capital por parte de familiares y amigos de Miami han financiado durante años operaciones de pequeños negocios en la isla, así como importantes cadenas del mercado negro y prostitución con la adquisición de casas proclives de ser divididas en varias habitaciones con aire acondicionado para el servicio a los clientes extranjeros que pagan de $30 a $50 por noche, sin contar las comisiones de las chicas y sus chulos.

Pero gente como Regino se dedican además a otro negocio altamente lucrativo: el lavado de dinero de las remesas familiares, anualmente casi mil millones de dólares desde los Estados Unidos y Puerto Rico solamente.

Las agencias de viajes y los buscavidas independientes de Miami, llamados aquí "talibanes", trabajando desde el maletero de sus automóviles, recopilan semanalmente millones de dólares en efectivo, los cuales no depositan en sus cuentas bancarias y transfieren a las financieras cubanas como establece la ley federal norteamericana, pues los entregan en efectivo a familiares y amigos de estos "macetas" cubanos en la Florida, los cuales a cambio distribuyen allá en la isla esos envíos en la moneda dura cubana, o sea el CUC.

Esto viola las leyes de los EEUU, pero además, se saltan las regulaciones cubanas, como la del impuesto del 10% al dólar en la isla, lo cual hace perder a Cuba millones de dólares por concepto de estas redes de delincuentes.

Lo que es peor, es que esas agencias de viajes de Miami mencionadas tienen licencias federales para estas operaciones y algunas de ellas hasta contratos con las financieras cubanas, pero por la codicia de la multimillonaria ganancia utilizan las redes ilegales de distribución, las cuales además, controlan el negocio de las "mulas" que llevan paquetes familiares de ropa, comida y medicinas a la isla.

Otro aspecto del negocio de estas cadenas ilegales de transporte de dinero y mercancías, son las toneladas de productos depreciados o robados en la Florida u otras partes de los Estados Unidos, entre los que hay ropa, electrónicos y hasta suministros médicos, como sillas de ruedas y otros, enviados por mulas o barco para alimentar el mercado negro cubano, sobornando en muchas ocasiones a los aduaneros responsables del cobro de esas importaciones comerciales en la isla para incrementar la ganancia de estos delincuentes.

Entre Regino y yo, nos hemos fumado casi media cajetilla de cigarrillos y él sigue explicando como funcionan en Cuba estos negocios y ante mi sorpresa me dice que él mantiene su trabajo en una empresa cubana: "Solamente le pago a un amigo y a mi jefe para que me 'ponchen' la tarjeta cada día y de vez en cuando doy la cara por allí para que me vean los compañeros.."

Ante mi cara de asombro, encoje los hombros y dice: "todo el mundo lo hace, la mayoría no trabaja en todo el día y está en la busca, a mi me cuesta unos quilos y como tengo vínculo laboral, la policía no me molesta..."

El tío y Yurelys aparecen con una botella de ron cubano, hielo y limones, lo cual me anuncia la hora de retirarme, pues de noche las calles de Pequeña Habana pueden ser una aventura peligrosa.

Regino se despide con un abrazo y me dice al oído: "Está buena la prima, ¿eh?" y le respondo: "No sabía que fueras familia de ella...", se echa a reír y me dice: "No, no lo somos" y me guiña un ojo.

Mientras me retiro y recapitulo la conversación confirmo que los cambios en Cuba, con el despido de cientos de miles de personas en puestos de trabajo innecesarios y la implantación de una estructura de impuestos a los nuevos negocios privados, eran una necesidad imperiosa.

Es hora de considerar además cobrarle a estos *bisneros* y macetas de la isla y de Miami los beneficios sociales que el cubano de a pie paga con su trabajo y disfrutan todos ellos en una sociedad igualitaria sin sudar la camisa.

CAMBIOS RADICALES EN LA ECONOMÍA EN CUBA:
ENRIQUECEN A ALGUNOS, SIEMBRAN TEMOR Y ABREN
PARÉNTESIS PARA PREGUNTAS SOBRE PROFUNDIDAD Y
VALIDEZ DE LA RENOVACIÓN EN EL CONTEXTO DEL
SOCIALISMO CUBANO.

¿REVOLUCIÓN DENTRO DE LA REVOLUCIÓN?

Los tiburones huelen sangre y se mueven rápido, por eso comenzó la campaña por la Presidencia de la "Nueva Cuba". ¿Y dónde?: pues claro, en Miami, con dos formidables candidatos: Lincoln Díaz-Balart -recientemente cesanteado del Congreso federal norteamericano- y Carlos Alberto Montaner -quien superó su repugnancia a vivir entre cubanos y regresó, desde Madrid, al redil.

No es broma, es una realidad patética la existencia de quienes apuestan a la derrota de la Revolución cubana y la entrega, por parte de ese heroico pueblo, de su soberanía e independencia a un exilio, corrupto, miserable y criminal.

Es cierto, la economía cubana no anda bien. Hay un profundo sentimiento de descontento social en todas las capas de la sociedad de la isla, aún entre los militantes comunistas, y la necesidad de una reforma se reconoce cotidianamente por sus dirigentes, lo cual avizora, con los

168

cambios sociales y económicos, la toma del poder por una nueva hornada de líderes para enfrentar esos retos.

EL CONGRESO DEL PARTIDO COMUNISTA

Cuando en noviembre pasado Raúl Castro anunciara para la próxima primavera la celebración del Congreso, largamente pospuesto desde el último en 1997 y la posterior Conferencia Nacional del Partido, se dio a conocer un documento de 32 páginas enumerando la propuesta futura de política económica y social. Este encuentro mayor de los comunistas cubanos conlleva un cambio generacional de liderazgo, el último encabezado por los dirigentes históricos de la Revolución, pero con toda certeza Fidel Castro presidirá ambos eventos.

El proceso masivo en Cuba de discusión no está siendo tomado a la ligera por los militantes cubanos y tampoco es aceptado fácilmente en todas partes. Las voces conservadoras no entienden la necesidad impostergable de un cambio, como advirtiera el pasado 31 de Octubre el propio Raúl Castro ante los líderes de la Central de Trabajadores de Cuba: el país enfrentaría la ruina si no se realiza una reforma económica.

Esto solamente será posible con un cambio de liderazgo, donde representará un papel importante la clase militar cubana, vinculados hoy a empresas dirigidas por ellos y por tanto capaces de llevar a la realidad esa política económica planteada en el documento, sobre todo en el desarrollo de la eficiencia productiva y un nuevo enfoque, menos paternalista y más eficiente, en la administración.

EL FUTURO PASA POR LA REACTIVACIÓN

Los problemas del país todo el mundo los conoce y van más allá de las 291 propuestas de los Lineamientos, pasando por poner a producir las tierras ociosas, elevar los resultados de las cosechas, invertir en infraestructura, reducir la burocracia y las plantillas infladas, incrementar las exportaciones y sobre todo descentralizar las decisiones, en la búsqueda de una mayor eficiencia.

Sin embargo, el proceso de eliminar el "igualitarismo" de una sociedad paternalista, cuyas entregas se basan en ingresos que desde hace mucho el país no tiene, es una meta difícil y mucho más compleja que eliminar de un plumazo la "libreta de abastecimientos", garantía por más de cuatro décadas a precios subsidiados de la alimentación de la familia cubana.

Pero, ¿cómo conservar la ruta socialista si se entrega al mercado el control y no a la planificación estatal como hasta ahora?

Si las empresas socialistas continuaran siendo el modelo central económico, mientras paralelamente se estimulara la creación de empresas de capital mixto (estatal y privado), cooperativas y en lo individual, campesinos, dueños de propiedades para el alquiler, empleados por cuenta propia y otras, esto llevará a la contradicción que el propio documento del Congreso niega: "la concentración de propiedades en negocios e individuos", o sea la creación de una clase media y burguesa fuera del control del estado socialista, el cual entonces -en vez de planificar y controlarse ocuparía de regular y cobrar impuestos a esos grupos o individuos.

Otros temas a debate radican en la posibilidad de las ventas de viviendas -una de las escasas categorías de propiedad individual en Cuba-, así como la creación de zonas francas para exportaciones y tecnología de punta, experimento fallido hace una década, el cual ahora se considera de nuevo en puertos modernizándose con capital extranjero, como Mariel al Oeste de La Habana y Cienfuegos, al sureste.

LAS CONTRADICCIONES DE LA NECESIDAD Y LA REALIDAD

Es necesario eliminar la doble moneda circulante, o sea el peso cubano cuyo valor oscila entre los $27 y $24 por dólar y el llamado CUC, artificialmente pareado con el euro, lo cual crea una situación irracional en los controles bancarios y un freno a la estabilidad administrativa del aparato gubernamental. Esto conlleva además establecer la fluctuación cambiaria de su valor.

Al comenzar a descentralizar el aparato estatal se necesita transformar la mentalidad de generaciones de cubanos acostumbrados a utilizar pesos para todas sus transacciones y educarlos en el uso de cuentas bancarias y obtener préstamos para el desarrollo de sus pequeños negocios o actividades independientes, así como a la contabilidad de esos procesos y el pago de impuestos.

Todo ello conlleva un desarrollo bancario, inexistente hoy para esos niveles e intenciones, lo cual, en general para establecer este proceso de desarrollo económico y cambios estructurales en el sistema monetario nacional, necesita de inversiones extranjeras, no siempre favorables hacia países pobres y mucho menos con un estricto embargo económico norteamericano.

Mientras se preservan las conquistas de la Revolución en cuanto a salud, educación y seguridad social, se incrementarán los precios de los servicios públicos hasta ahora prácticamente gratuitos y de la canasta básica proporcionalmente a los vaivenes del mercado y la producción o importación de alimentos: en la actualidad una de las preocupaciones fundamentales del cubano.

Este modelo de un estado socialista descentralizado, con oportunidades económicas independientes para sus ciudadanos, pero con parámetros sociales estrictamente establecidos, es único, con apenas algunos puntos de contacto con países en desarrollo como Vietnam, con el sector agrícola y microcréditos y tal vez algo de las tres décadas de experiencia de China, ambos con amplio intercambio comercial con los Estados Unidos.

¿CÓMO CONVENCER A UN MILLÓN DE DESEMPLEADOS A TRABAJAR POR CUENTA PROPIA?

Durante años cientos de miles de trabajadores cubanos -9 de cada diez trabajan para el Gobierno- tenían empleos en los cuales no necesitaban esforzarse por ganar sus salarios subsidiados y recibían los beneficios sociales de una sociedad paternalista a la cual no importaba su escasa o ninguna productividad. ¿Podrán ahora tener el incentivo para desarrollar oficios por cuenta propia?

Muchos recuerdan cuando en la década de los 90, ante la caída del campo socialista y los subsidios que Cuba recibía se permitió el desarrollo de trabajos por cuenta propia y mas de 200,000 personas solicitaron licencias (143,000 todavía se mantienen) desde vendedores ambulantes hasta choferes de taxis: pero tan pronto como la economía se recuperó, muchos de estos negocios fueron cerrados, comenzando con "paladares" (restaurantes privados), ahogados por el estricto control burocrático.

Hoy la situación es mucho mas grave: la producción nacional de alimentos es escasa y tanto el turismo, como las remesas familiares, sin contar el apoyo económico de Venezuela, se han visto afectados por la crisis internacional: estos

500,000 trabajadores no serán despedidos por una evolución del país al sistema de mercado libre, lo son porque constituyen un lastre a la actual economía nacional planificada.

No será nada fácil a estos cientos de miles de trabajadores -el diez por ciento de la fuerza laboral cubana-, protegidos desde el nacimiento hasta la muerte (los funerales en Cuba son gratis), entender y enfrentar esas decisiones de recoger el pan de cada día en una sociedad paternalista al sálvese el que pueda del libre mercado cuando sean despedidos antes de la primavera del 2011.

Se formarán nuevas cooperativas, 178 nuevas categorías de empleos por cuenta propia, desde albañiles hasta entrenadores deportivos, pero todos deberán pagar impuestos como parte de una estrategia para despedir a quienes están en nómina y no producen, tal vez la cifra de desempleados crezca y llegue al millón de trabajadores en los próximos meses.

DE *BISNEROS* A EMPRESARIOS

La cercanía con los Estados Unidos y por tanto la mayor comunidad cubana en el exterior en Miami, ha sido progresivamente una influencia económica innegable con las remesas familiares y los viajes de cientos miles de emigrados cada año a visitar a sus seres queridos, los cuales constituyen una fuente de ingresos capital para un país sin grandes recursos naturales.

Una de las influencias negativas de toda inmigración en países pobres es la creación de clases sociales, pues quienes tienen acceso a las remesas en moneda fuerte, se convierten en adinerados por el simple hecho de su independencia de las realidades económicas de las limitaciones de los demás, lo cual tienen características raciales intrínsecas en Cuba, donde la mayoría de los inmigrantes han sido tradicionalmente blancos.

Las remesas financian también las actividades del mercado negro, el cual es un componente real e indispensable de la vida del cubano de a pie, el cual se ve obligado a acudir a estas fuentes para su subsistencia en un país donde las raciones de la "libreta de abastecimientos" y los escasos "mercados campesinos" no son suficientes para cubrir sus necesidades.

Ahora bien, transformar a "bisneros" del mercado negro que se nutren de mercancías robadas de los almacenes estatales o traídas por las "mulas" desde Miami, o se dedican a lucrativos negocios de prostitución o prestar dinero a grandes intereses (al "garrote") en empresarios no es precisamente una tarea con la solución a corto plazo del simple otorgamiento de licencias y el cobro de impuestos.

LOS PRIMEROS PASOS SE HAN DADO

El Gobierno de Raúl Castro ha enfrenando esas dudas y preguntas del cubano no sólo con palabras, sino con la autorización de empleos por cuenta propia y la distribución de tierras de cultivo ociosas, diciéndolo claro además: "hay que eliminar para siempre el concepto de que Cuba es el único país del mundo donde uno puede vivir sin trabajar".

Los críticos hablan de una necesidad temporal, la realidad es que lo que fuera imperativo para sobrevivir durante el llamado "período especial" de la década de los 90, es hoy, una voluntad de cambio. Sin olvidar el embargo norteamericano de 50 años, limitando los viajes, el turismo norteamericano, la colaboración de empresas con capital de los EEUU y sobre todo las inversiones.

Todo depende de cómo las reformas se desarrollen y los límites de una burocracia a la iniciativa, sobre todo en el crecimiento de los pequeños negocios con la posibilidad de emplear no sólo a familiares, sino a los trabajadores que dicten las necesidades de crecimiento, o los impuestos excesivos que pueden ahogar a cualquier negocio en sus primeros pasos y llevar a quienes los intentan a incorporarse a un mercado negro floreciente e innegable.

Otras preguntas recaen en los recursos y la experiencia: ¿dónde comprarán los productos y utensilios necesarios? ¿Quién los entrenará o mejorará su experiencia técnica en esos sectores? Son preguntas válidas sin una respuesta concreta.

EL PAPEL POSIBLE DE LOS EMIGRADOS

Habría que ver si el pragmatismo de Raul y la nueva hornada de dirigentes militares y civiles comprometidos con el cambio ven la posibilidad de convertir en una fuerza para el desarrollo los cientos de millones de dólares enviados por los familiares a sus seres queridos en Cuba, considerado por los expertos en beneficios anuales a un millón de familias cubanas: $1.4 mil millones de dólares desde los EEUU.

Hasta ahora parte de ese capital se ha utilizado para desarrollar pequeños negocios, ya licenciados y pagando impuestos, como el caso de las viviendas de alquiler para turistas, pequeñas producciones agrícolas y talleres de reparación de electrodomésticos. Estas remesas pudieran crecer hasta un financiamiento directo para los pequeños negocios previstos en las nuevas formas económicas planteadas.

Es innegable el rejuvenecimiento de la comunidad "exiliada" en el exterior, sus hijos y nietos, así como los recién llegados en los últimos 20 años, más interesados en invertir y participar en la realidad social cubana que en las causas políticas del pasado, financiadas en su mayoría por instituciones norteamericanas. Pero esta participación conllevaría un reconocimiento legal y un respeto por la participación de estos emigrados, lo cual hoy, desafortunadamente, no existe.

En conclusión, se avizoran momentos decisivos e interesantes para todos los cubanos, habrá que ver si la velocidad de la renovación de generaciones e ideas marche con los tiempos y sobre todo, con la necesidad de preservar el destino socialista de Cuba y a la vez reunificar, luego de tantos años de dolorosa separación, a la familia cubana.

EL QUE CUBA REALICE CAMBIOS ECONÓMICOS
IMPORTANTES COMO VIETNAM Y CHINA, ES UNA SEÑAL
IMPORTANTE PARA LA CASA BLANCA DE BUSCAR UNA
MEJORÍA DE LAS RELACIONES CON CUBA.

EL VIENTO SOPLA
HACIA LA DERECHA

Anoche en Miami caí de casualidad en uno de los reductos etílicos de la extrema derecha, donde entre tragos aguados y golpes de pecho de las heroicidades de exiliados para la escala de honor de quienes prefirieron correr a enfrentar la Revolución popular en 1959, el silencio llenó el húmedo salón cuando la imagen del Presidente Obama llenó la pantalla del pequeño televisor en una noticia sobre economía de CNN en español.

"Ese negro nos va a joder", fue la primera voz resonando y a partir de ahí el debate se centró en cómo la herencia republicana de Bush había hundido al país o si era precisamente el "desastre demócrata en Washington" [sic] el cual no permitía el despegue de la economía. Y se me ocurrió preguntar: "¿y qué de nuestros políticos electos?": el consenso fue de mucho por mantener el embargo y las presiones contra Cuba y poco por traer dinero y trabajo para el sur de la Florida, con un desempleo del 13 por ciento (el nacional llega al 9.8% hoy).

La misma opinión la hubiera encontrado con seguridad en las tertulias de la ultraizquierda,

atrincherados en sus cónclaves de arroz con po-
llo y Coca-Cola, como éstos, pero vejetes reciclados de la contrarrevolución cubana de los 60,
apenas a dos quilómetros de distancia de este
bar y sin ninguna idea real de cómo piensa, no
ya la juventud cubana de la isla, sino los hones-
tos y trabajadores emigrados de la ciudad de
obreros de Hialeah.

NO SE VAN A LEVANTAR LAS
PROHIBICIONES DE VIAJES A CUBA

Con lo que nos gastamos en Washington de po-
líticos de origen cubano, ya sea los dos por Nue-
va Jersey (Bob Menéndez en el Senado y Albio
Sires, ambos demócratas) y cuatro ahora por la
Florida (el Senador Marcos Rubio, los dos Díaz-
Balart, Mario y Lincoln a quien sustituye David
Rivera, así como la archiconocida Ileana Ros-
Lehtinen, todos republicanos), no hay esperanza
visible en el mejoramiento de las relaciones en-
tre los dos países.

Los comentarios de los propios políticos demócratas con larga experiencia en debates como
éste, a pesar de estar claro para todos de ser una
medida calificada por uno de ellos, el represen-
tante federal Bill Delahunt (Demócrata por
Massachusetts), como "absurda" y "basada en
una mentalidad de la Guerra Fría", son pesimis-
tas con respecto a obtener en un futuro cercano

la propuesta de una ley para levantar las prohibiciones de los viajes de los norteamericanos.

Esta, como tantas otras, sería derrotada como la aprobada en Junio del año pasado en el Comité del Congreso para la Agricultura y otras dos, propuestas en el Senado federal, siendo una de las causas la inacción de la Casa Blanca y personalmente del presidente Obama en apoyarlas, lo cual es contradictorio con lo que otras naciones hacen, pues las 27 de la Unión Europea exploran activamente las posibilidades de beneficio mutuo con la isla.

Esto sin contar los aliados tradicionales de Cuba, entre ellos China, Brasil, Rusia y España, además de la relación especial con su primer socio económico, Venezuela, cuyo Presidente Hugo Chavez anunció el mes pasado en La Habana la extensión de las beneficiosas relaciones de intercambio entre ambos países por otros diez años, en un amplio espectro de sectores de colaboración.

LA APERTURA DE LOS VIAJES Y FLEXIBILIZACIÓN EN NEGOCIOS SERÍA BENEFICIOSA PARA LOS EEUU

El hecho del levantamiento de las prohibiciones de viajes a los norteamericanos, luego de la eliminación de las restricciones a los cubanoamericanos a principios del año pasado para viajar y enviar dinero a sus seres queridos, significaría un incremento de los contactos entre ambos países, ahora limitados a esporádicos conciertos culturales, visitas académicas o deportivas.

Otro aspecto interesante incluido en estos proyectos de ley era la posibilidad de suavizar las restricciones para que los agricultores norteamericanos incrementaran las ventas de productos alimenticios a la isla, la cual alcanza los cientos de millones de dólares en compras cubanas cada año. Como dijera la Senadora Amy Klobuchar (Demócrata por Minnesota): "Los agricultores norteamericanos se beneficiarían grandemente del acceso a nuevos mercados en Cuba, sobre todo en un momento en que nuestra economía más lo necesita" .

Y agregó: "Esta ley pudiera contribuir a crear puestos de trabajo al promover las exportaciones agrícolas de los EEUU y eliminaría la prohibición de viajes a Cuba, permitiendo a los granjeros norteamericanos y los dueños de negocios la oportunidad de desarrollar una base de clientes en Cuba...", la cual se ha desarrollado en los últimos diez años por parte de todos los estados productores agrícolas de la Unión.

Ese concepto pudiera ser atractivo para la base republicana en las Cámaras, orientadas al desarrollo de negocios y políticas generando beneficios para sus estados, lo cual entraría en plena contradicción con los objetivos de quienes propugnan el mantenimiento de las líneas establecidas cuando los republicanos controlaran las

Cámaras federales durante el periodo de 1995 al 2007 y endurecieron las sanciones contra Cuba.

En esta contradicción pudiera existir alguna esperanza para los promotores del levantamiento de las restricciones de viajes y la flexibilización de los negocios agrícolas, sobre todo tomando en cuenta que una reciente hornada de republicanos favorecen la mentalidad de defender las libertades individuales -y por tanto de la libre empresa- por encima de las regulaciones y control estatal.

¿Y POR DÓNDE SOPLAN LOS VIENTOS DESDE LA HABANA?

El hecho de que Cuba realice cambios económicos importantes, planteados claramente en los documentos que se discuten para el próximo Congreso del Partido Comunista, parecidos a las estructuras que iniciaran Vietnam y China, con mayor cercanía al pequeño y valiente país del sudeste asiático, pudiera ser una señal importante para la Casa Blanca y los teóricos del Departamento de Estado para una mejoría de las relaciones con Cuba.

El despido de un millón de trabajadores en las infladas plantillas de ineficientes empresas estatales, la estrategia de promover el sector privado permitir la administración de empresas a personas individuales, alejándose el estado omnipotente a la posición de controlarlas por reglamentos e impuestos, conjuntamente con el anuncio de la inversión de mas de $130 millones de dólares en recursos para el desarrollo de esas empresas y la agricultura privada y ofrecer financiamiento para ellas, son signos bien claros de un cambio capital en el compromiso social del Gobierno Comunista.

Otros puntos importantes en la novedosa estrategia para desmontar una economía centralizada inoperante, es la creación de "zonas especiales de desarrollo" para la producción de alimentos y actividades importantes en los servicios a la población y el turismo, sin olvidar la posibilidad de compraventa de propiedades, lo cual hasta ahora era un objetivo vedado para el cubano de a pie para vender o comprar viviendas.

Cuba, afectada duramente por los huracanes del 2008 y en medio de la crisis financiera internacional, interrumpió sus pagos internacionales y congeló desde entonces las cuentas bancarias de muchas empresas extranjeras radicadas en el país, situación aliviada -pero no resuelta- a pesar de reducir las importaciones en un 30% y establecer un control financiero más estricto de las compañías estatales, hoy el 85% de la economía nacional, tema a superar en la búsqueda de inversiones extranjeras.

UNA COSA ES EN PAPEL Y OTRA LA REALIDAD

Tanto quienes elaboraron los lineamientos económicos a discusión hoy a todos los niveles de la sociedad cubana, el cubano de a pie o aún los millones de emigrados repartidos por todo el mundo, tienen bien claro que estos cambios, los objetivos de echar a funcionar la agricultura y la economía nacional en general, no son fáciles de conseguir en un corto o mediano plazo.

Eliminar la libreta de abastecimientos y desmontar un sistema paternalista velando por las personas desde antes de su nacimiento hasta sus funerales, mientras exige a la juventud y la fuerza laboral del país embarcarse en un cambio radical en su forma de ganarse el pan, sin entrenamiento, ni experiencia previa, es una tarea, mas allá de titánica: revolucionaria, en el mayor sentido de la palabra.

Ante la disminución de ingresos con la caída de los precios del níquel, mientras se cifra la esperanza en la perforación petrolera en aguas profundas y el incremento de la llegada de turistas de mayor gasto, no son ejemplos favorables para el despegue de la compleja situación de la economía de nuestra pobre y pequeña isla, la cual tiene el objetivo primordial de echar a andar su agricultura, pues la producción de alimentos ha disminuido en un 7.5% solamente en el primer semestre de este año.

Abundando en la explotación petrolera en el mar, el consorcio español Repsol YPF plantea comenzar el año próximo en el Golfo de México, luego de que en el 2004 no encontrara petróleo en las cantidades esperadas. La plataforma de perforación construida en China, será utilizada por otras compañías como la estatal de Malasia,

Petronas y la de la India ONGC para explorar en zonas alquiladas por ellas en aguas cubanas.

Los rusos también perforarán en dos zonas cercanas a la costa con la compañía estatal Zarubezhneft. Los estimados de las posibilidades en la parte cubana de explotación en el área oscilan sobre los 20 mil millones de barriles de petróleo. Hoy en día Cuba depende para sus necesidades del crudo venezolano que recibe a precios preferenciales por parte de su importante socio comercial, el cual conjuntamente con la compañía de China National Petroleum Corporation trabajan en la ampliación de $6 mil millones de dólares de la refinería de Cienfuegos.

EL EMBARGO NORTEAMERICANO Y LA ENRAIZADA BUROCRACIA: DOS GRANDES OBSTÁCULOS

Se avizoran dos grandes dificultades para el despegue económico cubano: el embargo norteamericano y la existencia de una burocracia alimentada por décadas de control absoluto en la economía y los destinos del país para los cuales nosotros, la emigración, somos un enemigo real a sus beneficios y su futuro, la cual pudieran, como en el pasado, ahogar a los "nuevos empresarios" con reglamentos, impuestos y falta de crédito para sus empresas.

Esta burocracia estatal pudiera inclinarse positivamente a inversiones y negocios con paises como España y Brasil, sin olvidar a China, mientras Estados Unidos les justifica sus posiciones extremistas, con el mantenimiento de su política represiva y de subvención al escaso y poco influyente sector social de los llamados "luchadores por los derechos humanos" y "periodistas independientes".

Cuando la legalización del sector privado y las oportunidades económicas abren las puertas a la influencia del "vecino del norte", la irracional política norteamericana de agresiones y financiamiento de actividades contra la sociedad le limitan su participación, las cuales aprovechan otros países y la emigración cubanoamericana, la cual aporta en remesas y pequeñas inversiones familiares mas de $1.4 billones de dólares anualmente.

FINALMENTE

¿Podrán las reformas incrementar la productividad de la fuerza de trabajo en las empresas estatales y cooperativas, mientras se pone en marcha la agricultura y los servicios con empresas privadas?

¿Cuál será el impacto social de los despidos masivos y la reacción popular a la disminución de los beneficios a los cuales han estado acostumbrados durante 50 años de proceso revolucionario?

¿Cómo será posible realizar inversiones capitales en la reconstrucción de la infraestructura del país, mientras se mantienen las conquistas gratuitas de la Revolución en la salud y la educación?

¿No es un peligro para la supervivencia del socialismo el establecimiento de esta apertura de libre mercado, tan temida y controlada en décadas pasadas de mayor bonanza económica?

Estas preguntas tendrán respuestas en los próximos meses, más allá de las trifulcas en la prensa sobre el "contratista" norteamericano del Departamento de Estado, Alan Gross, la libertad de los presos con la mediación de la iglesia católica y las reacciones propias de los Gobiernos norteamericano y Europeos a las reformas que apruebe la dirección del país antes y después del Congreso del Partido comunista en abril del año próximo.

Nuestra esperanza es que se consiga un avance en el despegar de la economía cubana y se entienda la necesidad, hoy y siempre, de una Nación con todos y por el bien de todos, donde todos los cubanos, los de la isla y la emigración, podamos tener una participación en el destino del país, sin odios, rencores y el lastre de un pasado de separación y dolor para la familia cubana.

MILES DE CUBANOS LLEGADOS ILEGALMENTE
A MIAMI EN LOS ÚLTIMOS AÑOS CONFORMAN
UNA RED DE LAVADO DE DINERO DESDE CUBA
CON LA COMPLACENCIA DE LAS
AUTORIDADES NORTEAMERICANAS.

EL EXILIO DORADO

Ioyandro es uno de los cientos de jóvenes cubanos recién llegados de la isla, los cuales aparen-
temente aterrizaron con un "paraguas de oro" en
Miami. Aquí, en su flamante oficina de Hialeah
Gardens, dos elegantes muchachas cubanas uni-
formadas -con la típica mirada cálida de las educadas en Cuba-, se ocupan de varios clientes haciendo las diferentes gestiones para enviar dinero, paquetes o sacar pasajes por los chárteres a
La Habana y cuatro ciudades cubanas.

No veo por ninguna parte un permiso federal
para estos trámites -como exige la ley federal
norteamericana- y pregunto: "¿Cuándo les dieron la licencia?", e inmediatamente se levanta y
susurra: "Trabajo con la de una amiga, hasta
que me llegue la mía" -y sonríe- "tu sabes...".
Nos encaminamos al parqueo del pequeño centro
comercial, donde en una cafetería latina encontramos la inefable ventanita donde venden el
mejunje caliente y dulzón de café mezclado con
frijol, al cual califican aquí de café cubano.

Él es de la llamada generación "Y", los cuales
tienen nombres con "y" griega o inventados,

símbolo de los nacidos o educados durante la época del Período Especial en la Cuba de los noventa, creciendo en una época difícil dentro de la sociedad cubana, con el descenso de los niveles de alimentación y educación, afectando el nivel de vida del cubano, el desarrollo mental de estos jóvenes y su disciplina social, ante el crecimiento brutal del mercado negro, la prostitución y la violencia callejera.

"A nosotros no nos ha ido mal" -me dice recostado a su flamante Cadillac Escalade, un SUV cuyo precio supera en la Florida los $60,000 dólares, aún sin los plateados *rims* -llantas- y los neumáticos extra medida.

De veras, no les ha ido mal, no les fue en Cuba a él y su familia, pues sus padres -hoy retirados- pertenecían a la burocracia estatal, lo cual les permitía viajes frecuentes al extranjero, automóvil y combustible pagados por el Estado, así como los beneficios de tener acceso a recursos en sus empresas, garantía de un nivel de vida muy por encima del promedio cubano y una casa-finca en las cercanías de la Ciudad de la Habana.

Pero Ioyandro, como todos otros cientos de cubanos de Miami descendientes o familiares de miembros de la nomenclatura del aparato burocrático cubano o potentados del mercado negro, no están en los Estados Unidos por motivos políticos, o las oportunidades económicas de un país desarrollado para los inmigrantes: ellos han venido con el fin de administrar e invertir los millones de dólares provenientes de Cuba, enviados para engrosar las cuentas bancarias de los familiares de esos "macetas" -los nuevos potentados de la sociedad cubana.

Ante los anuncios de cambios y reformas del Gobierno cubano, una de las medidas importantes será la integración de las dos monedas circulantes en el país, o sea el Peso (hoy cambiado entre $24 y $27 por dólar) y el CUC (artificialmente pareado con el Euro), lo cual pudiera dejar de la noche a la mañana a estos mercaderes con cientos de miles de inútiles papeles en colores debajo de sus colchones.

Las transferencias de dinero se hacen ante la indiferencia cómplice de las autoridades norteamericanas, siempre más preocupadas por perseguir a las compañías buscando hacer negocios con Cuba, prohibidos por el embargo de 50 años sobre la isla, pero sin hacer mucho esfuerzo por detener quienes sin licencia federal violan abiertamente la ley en su territorio, como las operaciones ilegales en el aeropuerto de Miami, donde el tráfico de dinero y artículos robados hacia la isla es cotidiano.

Sin embargo, ¿cómo envían sus CUC los macetas a Miami? Sencillo: no lo hacen.

Agencias de viajes a isla con licencia, las ilegales y las cadenas de traficantes, les entregan dólares en efectivo a Ioyandro y otros como él, representantes de los "macetas" cubanos y éstos, a cambio, cuando reciben por e-mail en la isla los listados, con nombres, direcciones, números de identidad y cantidades, de las personas a recibir ese dinero, las entregan con sus propios empleados, casi siempre, en menos de 24 horas.

Otro negocio lucrativo para estas personas es el control de los pasajes a Cuba en los chárteres que diariamente tienen vuelos desde Miami hasta La Habana y cuatro ciudades cubanas, pues adquieren "al por mayor" con semanas de antelación los asientos, por los cuales pagan en efectivo a esas compañías para luego revenderlos a las agencias de viaje pequeñas o a los traficantes callejeros de tickets, en un sistema similar a los tratos aprendidos en el mercado negro en la isla.

Este tráfico de millones de dólares, donde las familias pagan hasta un 26 por ciento en los Estados Unidos por los envíos de ayuda a sus seres queridos en Cuba se viene desarrollando desde hace años y es la fuente de este "exilio dorado", lucrando abiertamente hoy en día en Miami, siendo partícipes de cuanto negocio ilegal aparece y pueda incrementar sus ganancias con productos y suministros para el siempre abierto mercado negro cubano.

A los Ioyandros y otros como él no les va mal, solamente a los esforzados emigrados que diariamente visitan su oficina en Hialeah Garden u otras como esa y tienen que pagar los precios "de garrote" -cargos excesivos impuestos por los traficantes- para mantener su contacto con los suyos o su tierra.

Otro de los beneficios del embargo norteamericano, alegremente propuesto y apoyado por los políticos de Miami, cuyo principal objetivo es incrementar el sufrimiento y la separación de la familia cubana.

Un luchador callejero, nacionalista convencido, fundador de organizaciones y movimientos por las causas de Cuba en los Estados Unidos, expone su evolución política y denuncia a los traidores y desertores a la causa de la Revolución que hoy sirven a los intereses imperiales de los EEUU.

De la Contrarrevolución a luchador por la Revolución:

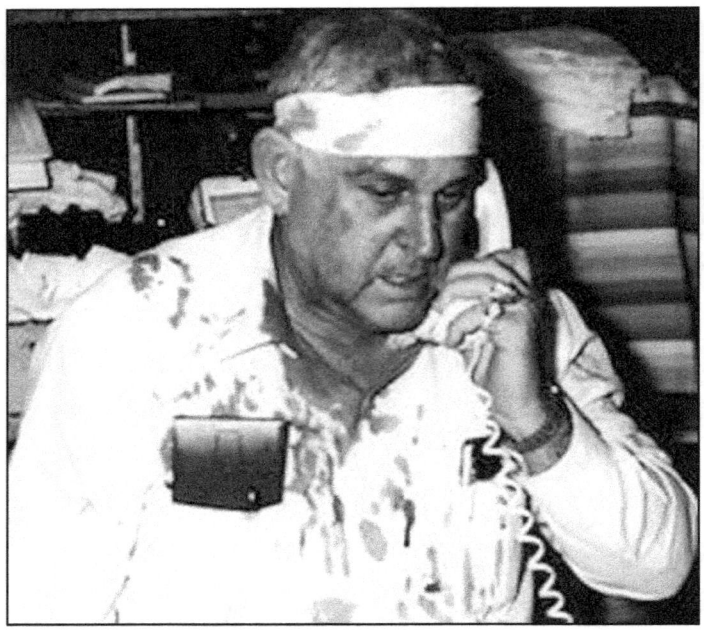

Lo que impresiona a primera vista de Pedro Rodríguez Medina es su tamaño, seis pies y casi 300 libras de peso y la tranquilidad de su expresión, es un hombre sin miedo y ya la muerte le dio otra oportunidad. Cuando nos cuenta su encuentro con Fidel Castro en La Habana, y le corrige la presentación al entonces canciller cubano, Perez Roque: "este es un terrorista".

"No, terrorista no, contrarrevolucionario, pero nacionalista", le respondió.

Su origen familiar en Matanzas, donde su abuelo, Coro Medina, de Coliseo, era mas conocido como el "Buey de Oro" por sus Colonias de cañas en las zonas de San Miguel de Los Baños y su familia, como muchas de antes de 1959 en la isla, se balanceaba entre diferentes tendencias política, eran batistianos, "auténticos" y ortodoxos, aunque otros, por parte de madre, apolíticos como casi todos los capitalistas en la Cuba de ayer.

- *¿Como te sorprendió la Revolución?*

"No me sorprendió ya que estaba al corriente de lo que estaba sucediendo y, de la situación interna en las filas de las Fuerzas Armadas batistianas, sabía que era cuestión de tiempo la caída del régimen de Fulgencio Batista. Estaba presente en casa de uno de mis tíos cuando Eleuterio Pedraza le contaba que le había dicho a Batista que se pusiera al frente de los regimientos de Pinar del Rio, San Antonio de los Baños, Managua y de la División de Infantería de Columbia y al pasar por Matanzas que se incorporara el Regimiento y con todos ellos invadir Santa Clara que estaba al caer en manos de los alzados", dice con el acostumbrado manoteo cubano.

"Entonces él -continúa-, Eleuterio Pedraza con mi tío Pedro e Irenaldo García Báez, se harían cargo de arrestar al borracho viejo Pancho, o sea Francisco Tabernilla, jefe de las Fuerzas Armadas, su hijos Cilito que estaba al frente del Regimiento de Tanques y a sus hermanos Uinse y Tony que estaban al frente de la Aviación Militar. Una vez presos esos personajes convocarían a la prensa, le harían un juicio sumarísimo y los fusilarían en el Polígono de Columbia..."

Y sigue luego de una pausa para comprobar que entendí: "Batista se aterrorizó y partió para Republica Dominicana al amanecer del primero de enero..."

- Entonces, ¿qué eras antes de 1959?

"En la década de 1950 fui estudiante hasta 1952 en que me gradué -dice- en el colegio Chandler de Bachiller, posteriormente estudié aviación en la escuela situada en Palatino que era de la Compañia Cubana de Aviación, y pasé para la Fuerza Aérea con autorización del entonces presidente Batista - por ser yo menor de edad - mi tío Pedro y mi padre eran amigos de Batista desde 1933, donde participaron en la toma del Hotel Nacional.

- ¿Y luego del triunfo revolucionario en 1959?

196

"A partir de 1959 -aclara- estando con mi padre en la Compañía Cubana de Aviación de la cual mi padre fue depurado por ser de la dictadura de Fulgencio Batista, comencé a perfilarme en contra de la Revolución y pedí mi baja..."

- *¿Te convertiste en un contrarrevolucionario activo...?*

"Bueno, en Cuba hasta 1960, cuando vine clandestino a los Estados Unidos cuando se desembarcaron 8 toneladas de armas por las Pozas en Pinar del Rio" -aclara. "Aquí en Miami estuve indocumentado hasta abril de 1961, semana antes de la invasión a Playa Girón que entre por El Morrillo en la Costa Norte de Pinar del Rio. A mi llegada a La Habana me entero que mi padre y primo hermano - que fue fusilado en Pinar del Rio el 19 de abril - estaban presos. Al quedarme desconectado comencé hacer contacto con otras organizaciones..."

-¿Entonces luchaste contra la Revolución hasta que fuiste detenido en Cuba?

"Así es -dice- estaba en la Resistencia Cívica, una Organización de Organizaciones como ejecutivo militar con el Capitán Ricardo Olmedo que era de la Organización Montecristo, uno de los asaltantes del Palacio Presidencial, y se me encomendó junto con Luis David Rodriguez de la Organización Movimiento Rescate Revolucionario, entrar en la Sierra del Escambray para que los jefes guerrilleros como Tomas San Gil, Osvaldo Ramirez, etc., firmaran el Acta de Unificación de La Resistencia . Esto fue en el año 1962..."

"Estuvimos 45 días para poder salir, la presión del Ejercito Rebelde era muy fuerte, no era fácil burlar los cercos. Al regreso a La Habana comenzamos a planear algunas acciones, entre ellas detener a Consejo de Ministros cuando estuvieran reunidos, un secuestro al Comandante en Jefe Fidel Castro en el acto del 13 de Marzo en la Universidad de La Habana. Conclusión, llegó el momento que la Seguridad del Estado decidió detenernos"

Suspira y agrega: "Fui sancionado en la Fortaleza de La Cabaña a 20 años de reclusión y trabajo forzado, esto último me lo aplicaron en las Canteras de Mármol en la Isla de Pinos..."

"En 1979 -dice- fui puesto en libertad por el diálogo realizado entre la Comunidad Cubana en el Exterior y el Gobierno de Cuba. Salí de Cuba vía México en el mes de noviembre del mismo año".

-¿Y cómo sucede esta evolución a nacionalista y revolucionario?

"No evolucioné a nacionalista -dice: siempre desde estudiante me considere un nacionalista, martiano y anti imperialista. Fue por lo que no compartía, en ese entonces, el que la Revolución cubana se aliara con el Imperialismo Soviético. Claro, con los años me fui politizando y discutía con mis compañeros de prisión que si Fidel Castro no hubiera hecho esa alianza los imperialistas de Estados Unidos se lo hubieran tragado de un bocado..."

Y apunta a mis notas: "¡Ah! dejaré aclarado, que no me considero un revolucionario ya que para mí, son palabras mayores...."

- Has sido en los últimos 20 años una de las personas más activas en Miami en las causas de Cuba, como la Libertad de los Cinco. ¿Qué problemas te ha causado eso con tus antiguos aliados, como la gente de Alpha 66, el mismo Lincoln Díaz-Balart, tu amigo...?

"Nunca tuve la simpatía de Alpha 66 -enfatiza- los critiqué, en especial a sus dirigentes por considerarlos Capitanes Arañas, como también he criticado por lo mismo a Basulto de la titulada organización Hermanos al Rescate.

La relación con Lincoln Diaz-Balart es algo que viene de familia ya que su abuelo y mi padre eran buenos amigos y su padre y yo también lo fuimos. Claro, actualmente la extrema derecha cubana me pide la cabeza, incluyendo a Lincoln que la encabeza en este titulado "exilio".

-Y ahora te has enfrentado a la "extrema izquierda" de Miami que llamas los "tracanallas..."

"La realidad es que no me he enfrentado a ellos" -agrega, "son ellos los que se han enfrentado a mí y, tampoco creo que estos "tracanallas" sean extrema izquierda, los considero falsos y oportunistas...."

-*Pero, ¿a quiénes calificas de traidores...?*

"Ahí tienen el caso de Andrés Gómez" -enfatiza: "¿ habrá alguien que pueda discutirle su liderazgo?, nadie. Siempre ha sido atento y consecuente conmigo, le aprecio por su constante lucha frontal en defensa de la Revolución...."

Entonces, ¿cómo comienza tu enfrentamiento con esas personas?

"El enfrentamiento vino por su peso una vez que se fundó La Alianza Martiana" -dice- "que por cierto bastante trabajo costó, visite varias veces al señor Max Lesnik para que se incorporara y prestara su local de [la revista que fue] "Réplica" hasta que pudiéramos tener otro lugar para La Alianza..." Y continúa: "nunca pudimos sacar a la Alianza del local de Réplica por el oponerse haciendo de zapa que intentábamos quedarnos con La Alianza Martiana elemento como yo que fui un contrarrevolucionario. ..."

Y enfatiza: "Si, fui un contrarrevolucionario y nunca lo he negado, pero nunca he sido traidor a la Revolución cubana ya que nunca fui revolucionario...."

-Y entonces, ¿por qué te vas de esa organización?

"Me retiré de La Alianza Martiana - como otros compañeros fundadores - por considerar que era la mejor manera de mantener distancia a Max Lesnik que lo considero un farsante y un oportunista....

-¿Cómo evalúas la situación de la unión de los grupos y las personas que defienden la causa del pueblo cubano y el levantamiento del embargo, la Libertad de los Cinco aquí en Miami, sobre todo ahora que en los últimos diez años han venido decenas de miles de jóvenes educados en la isla....?

"Si se analiza fríamente la situación se puede decir que del uno al diez, se puede dar un 10, ya comente que dentro de todo ese conglomerado de personas que defienden la Revolución aquí en Miami existen falsos y oportunistas politiqueros como Max Lesnik" -agrega.

"Nosotros comenzamos organizando un grupo en defensa de Los Cinco pero no resultó" -enfatiza. "En mi caso, me incorporé a toda actividad que me fue posible en su defensa, tanto aquí en Miami como en Washington. Mi otro objetivo es el Bloqueo impuesto a Cuba por las distintas administraciones de Estados Unidos. Esa es mi lucha y esa será mientras viva".

"Los jóvenes que llegan de Cuba han causado un impacto en los elementos anticubanos que los tienen desorientados ya que vienen con criterios propios y, ellos se consideran emigrados", dice. "Lo que me pareció y parece significativo es que el objetivo de la Alianza Martiana era agrupar todas las organizaciones de izquierda de la comunidad cubanoamericana en los Estados Unidos, e incluir a otras de diferentes etnias latinas, lo cual comenzamos con viajes a Tampa, Cayo Hueso, California, Chicago, Nueva Jersey, pero todo eso se acabó..."

-¿Se acabó y por qué?

"Tan pronto este señor Lesnik" -dice: "tomó el control de la Asociación, se terminaron esos contactos y se convirtió la alianza en una tertulia de su grupo más allegado, viven del dinero que le exigen a las agencias de viajes y los chárteres a Cuba. Lo que le llama la atención a muchos es que esa política de no influir en los jóvenes y unirse con otras comunidades latinoamericanas y puertorriqueñas ha sido la misma del Gobierno americano, cuando prohibió a los funcionarios cubanos de la Embajada salir de Washington y se cancelaron las visas a intelectuales cubanos de la isla".

Y enfatiza: "tal parece que se pusieron de acuerdo para cuando se dio el cierre total con los republicanos, ellos cortaron toda la influencia en la comunidad y en otros lugares. Mataron esa iniciativa y a quién único conviene eso es a los que se oponen a las causas de Cuba, contra el embargo y a favor de Los Cinco. Todo se ha convertido en manifestaciones de paseos en automóvil, programitas de radio de viejos de los 60 que nada tienen que ver con esta juventud que ha llegado en los últimos 20 años".

Has sido una persona que ha organizado y financiado organizaciones , grupos políticos y un empresario exitoso, con esa experiencia: ¿Qué dirías se necesita hoy para continuar la lucha por las causas del pueblo cubano?

"Lo de Empresario exitoso es discutible" -dice: "no olvides que los enemigos de la Revolución se han dedicado a destruirme económicamente y hasta cierto punto lo han logrado, pero sigo guapeándoles en plena vía pública, en sus guaridas como el Versalles y otros sitios, ahí me presento y ahí los enfrento, ya que la mejor manera de defenderse es atacando".

"También existen elementos solapados que se las dan de defensores de la Revolución cubana y comulgan en secreto con los enemigos de la Revolución, que en definitiva los considero mis enemigos..."

" Pronto se publicará mi libro en Cuba por una editorial cubana" -y se levanta: "en él, están todas las pruebas de estas afirmaciones y muchas cosas más de este exilio, en el cual, como decía

El Che, de esta gente no se puede confiar ni un tantico así...".

El futuro pasa por los nuevos

Durante años he venido diciendo lo mismo: la "disidencia" cubana, así como sus "periodistas y bibliotecarios independientes", no solamente no tienen "resonancia entre los cubanos comunes y corrientes", lo cual muestran ahora los cables filtrados por *Wikileaks* y en este caso firmado por el propio embajador norteamericano en La Habana, Jonathan Farrar, el cual agregó que estas personas debían dedicar menos tiempo a la búsqueda de: "suficientes recursos para la subsistencia cotidiana de los principales organizadores y sus partidos clave".

Es internacionalmente reconocido que Estados Unidos ha destinado decenas de millones de dólares a apoyar a la oposición cubana desde el triunfo de la Revolución en 1959, con la transformación de la isla en una nación socialista, por lo tanto, no es extraño que el pueblo cubano considere a estos personajes como mercenarios pagados por el extranjero, pues en realidad lo son.

Estos cables de *Wikileaks* aseguran que muchos disidentes están más preocupados por conseguir dinero que en llevar sus propuestas a sectores más amplios de la sociedad cubana, por ejemplo: "una organización política dijo bastante abierta y francamente al jefe de la misión [embajada norteamericana] que necesitaba recursos para pagar salarios y le presentó un presupuesto con la esperanza de que la Sección de Intereses pudiera cubrirlo", dice el texto.

Pero no los llevemos tan recio, en definitiva cada cual se busca la vida como puede y por supuesto la visa para emigrar con todos los gastos pagos, como el caso del disidente que llego a Chile, donde se presento como periodista independiente y cuando el Gobierno chileno le dio un trabajo en una emisora de radio tuvo que renunciar porque él "era [sic] periodista para los estándares de la prensa independiente cubana pero no para trabajar con profesionales".

Como diría el poeta: le ronca la trompeta.

Lo mejor es que los extremos se tocan, otra disidencia muy bien pagada es la extrema izquierda de Miami, la cual solamente en programas de radio, tertulias y encuentros, le cuesta a sus donantes cientos de miles de dólares al año y están tan desconectados de la sociedad, polarizados y a menudo manipulados por las organizaciones de inteligencia norteamericanas que su convocatoria hace una semana en un hotel de esta ciudad (siete organizaciones en total) reunió a menos de cien personas, en medio de la mayor comunidad cubanoamericana fuera de Cuba (500,000), sin contar los cientos de miles de inmigrantes latinos de otros países que aquí residen.

En fin, la disidencia no se inventa, o se paga, porque quienes no participan en las causas en defensa de los intereses de los pueblos, de corazón o por ideología, lo hacen por mercenarismo y esos, entonces, dependen de quien los mantienen, en este caso, inevitablemente, los poderosos.

No hay nada nuevo bajo el sol, el imperio sigue siendo imperio y para defender sus intereses y oprimir a los pueblos utilizará todas las mañas posibles, y cuando un embargo genocida de 50 años no le funciona, acude al soborno y la quinta columna para dividir y penetrar, tanto en Cuba, como en el exterior. *Wikileaks* confirma lo que todos sabíamos, queda ahora ver qué vamos a hacer para enfrentarlo.

Abajo el que Suba (*)

Si hay algo que me ha enseñado este oficio de picar piedra del periodismo, es que no hay izquierdas ni derechas, sino tribus.

En nuestras *dolorosas repúblicas* como las llamó el poeta, impone la bizarría de la imagen y la percepción del poder, del maniquí apocalíptico con fondo de tambores, diestro y sagaz para arrebatarnos del caos, ese, nuestro cotidiano amanecer de resaca, buscando sustento y sentido a la existencia.

Ayer un joven colega vasco preguntaba sobre la tendencia de nuestro manso periódico o la pertenencia, como si fuera del simple flujo del tránsito, ya sea hacia la siniestra o la diestra. En verdad nuestra respuesta debió ser: siempre a la contraria, por aquello de *abajo el que suba*.

Hoy en día en Miami y en la comunidad cubana en el exterior de la isla no existen en política axiomas de dirección vehicular, sino más bien confusiones sobre el *destino manifiesto* que, como de costumbre, pretenden imponer los poderosos sobre la mayoría, teniendo a mi modesto entender mucho más de lo que debían tener.

En definitiva quienes disfrutan del privilegio de la libertad de seleccionar el contenido de su paella, están aquí, todos y cada uno de ellos, *porque así, no quieren estar allá.*

Nunca existieron, ni han existido grupos coherentes con la libertad de Cuba en mente, sino más bien de los dineros federales, estatales, condales, de las ciudades y de los ilusos contribuyentes, los cuales de conjunto han concebido a 2,000 millonarios cubano americanos y elevado este pantano con luces a *complejo habitacional en desarrollo.*

Sumemos, a un promedio de $100 millones de dólares anuales para páginas Internet, programas de radio y televisión, analistas, *agentones*, combatientes, ayuda y formación de periodistas y bibliotecarios *independientes*, disidentes, familiares de presos políticos, convenciones, reuniones, revistas, tabloides, boletines, *newsletters*, pasquines, desayunos, almuerzos y cenas, sin desdorar los *cortaditos*, en 46 años vamos por $4.6 billones de dólares y algo de menudo.

Es el negocio de la crisis, ilustrado y reforzado, y no quiero meterme con quienes en el otro lado se benefician de esto, pues con amigos como los que me gasto, ya no necesito enemigos.

La realidad es que, encaramados en el cajón del poder y megáfono en mano, no se *dan de cuenta* estos próceres de la miseria del cubano del cambio de clima: la gente está hastiada de fábulas y ficciones y de costear sus delirios o cortinas para la codicia.

No hay que esperar al sepelio ilustre o alumbramiento ocasional para alcanzar el porvenir.

No existen *trillos* o atajos hacia el futuro: están en el respeto sin maldades, en la asamblea abierta entre cubanos, sin traductores, rencores o trastiendas, ni temores a la masa, a los orígenes del surco, al oscuro manantial de la sangre tras la camisa de faena, a la bayoneta pulida del combatiente, a los olores finales.

Mirando al norte, despreciando nuestros colores, poniendo rencor y codicia por delante de la esperanza, no veremos la solución que no tengo yo, ni tú, ni aquel que vocifera, está en la familia, la armonía y el bienestar engendrado por el trabajo. Viene de la tierra, del sudor y del fruto de la cosecha.

Vendrá de cada uno y todos de nosotros, cuando en vez de rabia, sembremos fe.

(*) Hay otro artículo del autor con el mismo nombre en su libro *Ciénaga de la Angustia*, publicado originalmente en Diciembre del 2004.

CONFIESO QUE SOY CUBANO

Biznieto y nieto de catalanes, soy producto de mis padres cubanos, pero mi herencia sembró en mí la soberbia y el hambre insaciable de aventura en cada vuelta de esquina y en cada cadera morena, sabiendo mis huesos y sangre que sólo el trabajo, la familia y la voluntad pueden llevarte hasta la cima, siempre con una meta mayor, con un sueño que te impulse al futuro y la esperanza de la fe.

La Revolución lo cambió todo. De bitongos pasabas a guapo, o perecías. La familia y los amigos se fueron al Norte, mi Padre preso y la realidad cambió, de juegos y parrandas, a consignas y marchas. Al Fidel de todos los días en la televisión, en los uniformes milicianos en las calles, en las consignas en las paredes, en las voces de los negritos recién mudados al barrio.

La brújula se revolvió y la escuela ya no era diversión, novedad, sino reto y acoso: del inglés pasaste al ruso y negarse a aprenderlo se convirtió, de burla pueril, en consecuencia de estado de sitio. Hasta que miles también lo negaron, y entendí el precio de compartir principio, integridad y fe.

El tiempo todo lo cambia, no hay nada como un día tras otro. El paisaje se transfiguraba, nuevas caras y ambientes aparecían, pero las enseñanzas de los mayores se probaron: trabajo, familia y voluntad.

José Martí me daba ideales, Hemingway aventuras y Machado poesía. El amor, primero un juego, devino prueba política, espina voraz, pues detrás del embrujo moro de sus ojos, su melena oscura y su piel de seda, se hartaba la obediencia.

Confieso, le cogí el gusto a la rebeldía, al disfraz de apatía, los placeres escondidos, los libros prohibidos: pero me salvó la poesía.

Comencé por escribirle a ella, a su treta mendaz, a su disfraz de niña, a su fe pura en lo increíble y terminé siendo parte de todo, en el trabajo en el campo, en los talleres literarios, en los círculos martianos, hasta donde la valla de la intolerancia nos separaba.

Siempre una mujer ha sido faro de mis días. Te fuiste y no pude seguirte, porque la Universidad era sólo para los revolucionarios y caí enfermo, de muerte pensé, yo que nunca había visto un hospital desde adentro aunque sí tenía ración de cárceles con mi padre y mi tío, y le prometí a Dios: "Si me salvo, quiero verla feliz y poder, volver a ser lo que siempre fui, hijo de mi padre, sangre de mi estirpe y recuperar mi hambre de éxito, mi fe, mi país...."

En dos semanas, me dieron el alta, una Comisión de militares vino al instituto y se nos pidió ser estudiantes de la nueva universidad, abierta ahora para todos, no sólo para los comunistas, con el precio de ir a cortar caña para la zafra.

Nunca olvidaré tu cara, ya curado de ti, cuando me viste en la Universidad y me preguntaste: "-¿Qué haces aquí?" y le contesté con mi pelo largo prohibido a lo *Beatles*, jeans azules y una camisa verde: "Periodismo, como tú..." y seguí mi camino.

No fue fácil, pero fui periodista, tuve cuatro premios nacionales en Cuba y trabajé en la televisión nacional, siendo católico y nunca comunista, hasta que el extremismo me convirtió en emigrado por decisión y exiliado por decreto.

Confieso, soy cubano, fidelista y no creo en el comunismo: soy, la mejor prueba de que la Revolución existe y es el futuro.

Pero esa, esa es otra historia.

A PESAR DE LOS PESARES LA REVOLUCIÓN CUBANA ES
LA ESPERANZA PARA TODOS LOS CUBANOS,
DESPERDIGADOS POR EL MUNDO O EN NUESTRA ISLA.

ME NIEGO A SER SINCERO

Me niego a cohabitar con la mentira, la loa del colega a discursos vanos y alegatos impostores, a la bovina intuición de vividores para agenciar lentejas y torvas palmaditas superiores.

Me niego a ver la Revolución devenida festín de burócratas y banquete de holgazanes, ignorando en refrigeradas oficinas y andariegos autos *calobares* al pueblo que los nutre.

Me niego a considerar las espadas melladas, por abandono de tropa y letargo de jefes, urdiendo apuntar al pueblo en vez de al norte.

Me niego a renunciar al dolor de mi pueblo en la impotencia del escaso alimento a sus hijos, la negligencia a sus ancianos y el sustento de los suyos.

Me niego a ver a mis hermanas raptadas en lascivia, mientras los nuevos se entregan cada día al mar, en ofrenda a la quimera.

Me niego a aceptar las murallas para el encuentro, a los carceleros sin nombre, profesores del miedo y mercaderes de la añoranza, controlando las llaves de la alegría.

Me niego, en fin, a renunciar a la esperanza.

PERO SE MANTENDRÁ EL EMBARGO CONTRA CUBA

Dirigentes políticos y económicos latinoamericanos iniciaron hoy martes en La Florida la reunión anual de dos días sobre asuntos regionales convocada por el Banco Mundial y el diario Miami Herald, uno de los periódicos más derechistas y anti-latinoamericanos de la región, conocido por sus campañas constantes contra Cuba y Venezuela, estando entre los oradores el presidente salvadoreño Mauricio Funes y el secretario de Estado adjunto estadounidense Arturo Valenzuela.

En el tema Cuba, Valenzuela, con un largo currículo académico y nueve libros escritos sobre política de la región, entre otros temas, expresó que para EEUU la liberación de disidentes cubanos es insuficiente: "no es la clase de liberación que en algún sentido, permitiría a Estados Unidos la normalización de las relaciones con Cuba". Hasta el momento se han indultado 28 presos políticos, pero solamente uno ha sido admitido a territorio norteamericano.

"Hay un cambio ocurriendo en Cuba, todos lo sabemos. En parte presionados por la difícil situación económica que Cuba enfrenta hoy. Tienen varias decisiones qué hacer, y son muy difíciles", dijo Valenzuela. Los Estados Unidos y Cuba no tienen relaciones diplomáticas y Washington aplicó sanciones comerciales a la isla desde la década de 1960, con un férreo embargo económico y limitaciones a los viajes y remesas familiares de los cubanoamericanos.

Expresó en su intervención de poco más de media hora en el Hotel Biltmore de Coral Gables, una réplica del famoso Hotel Nacional de Cuba que las intenciones de la Administracion Obama eran "tender la mano al pueblo cubano" y "apoyar el incremento de su independencia del estado" en el caso de la economía de la isla controlada mayoritariamente por el Estado.

Se refirió además brevemente al caso del norteamericano Alan Gross, detenido desde Diciembre del año pasado en La Habana cuando distribuía equipos de comunicaciones con una visa de turista, sobre el caso del cual dijo que se estaban haciendo "todos los esfuerzos posibles" por parte del Departamento de Estado para obtener su liberación y no mencionó los rumores de un posible canje por alguno de los Cinco de Miami, espías cubanos condenados en Estados Unidos.

A mi pregunta al Subsecretario de Estado de Obama para asuntos del Hemisferio Occidental, sobre como pretendía un desarrollo económico del pueblo cubano, con un embargo como el que existe por parte de los Estados Unidos hacia Cuba, dijo molesto y levantando su estudiado tono de voz: "Tendrán que ver las autoridades cubanas como van a avanzar en ese tema, somos el quinto social comercial -en ventas a la isla- pero no se contempla el levantamiento del embargo..."

Y con la misma, salió andando.

En los 19 meses desde que la Administracion Obama tomo el poder, su gestión latinoamericana y la de la secretaria de estado la Sra. Hilary Clinton, ha sido lamentable, a pesar de sus visitas a 17 naciones, viajes tan frecuentes como en los tiempos "gloriosos" de Henry Kissinger (1969-1977) , bajo el cual se estimuló el golpe de estado contra el presidente Salvador Allende en Chile y el de Jorge Videla en Argentina.

Interesante es entonces la expresión del subsecretario Valenzuela de que Estados Unidos se opondría a cualesquiera "intención de expandir regímenes autoritarios y populistas".

En lo económico nada nuevo: el Gigante del Norte pierde terreno a manos de China, aunque el 40 por ciento de las exportaciones latinoamericanas se dirigen hacia acá, sobre todo la mitad de la energía consumida.

Más de lo mismo en la agenda, penetración, subversión, embargo y rabietas: nada de una política coherente hacia Cuba.

Al menos el café de la conferencia estaba pasable.

Asalto al Cielo

Luego de predicciones de pastores, obispos, *babalaos*, analistas, politólogos, disidentes, periodistas y hasta agoreros, todavía no tengo clara la respuesta al futuro de Cuba. De algo sí estoy convencido, y cuando se asiente el polvo de periódicos, emisoras, boletines y tertulias, pasen Congresos importantes, debates nocturnos y encuentros civilizados de extranjeros, quedará en manos del pueblo cubano sufrir el porvenir.

Es hora de que La Nación se abra a todos, como decía José Martí, y sea "con todos y para el bien de todos", tanto el sudor y el trabajo, como el disfrute de las cosechas, en una mesa abierta, donde todos los cubanos podamos discrepar y discernir las mejores formas de educar a nuestros hijos y vivir nuestras vidas, al servir los platos hará falta un tanto de vergüenza para sazonar el ajiaco y mucha virtud para no aguar el ron.

No conozco a los futuros dirigentes de Cuba, pero sé que viven en los cuatro rincones de nuestro archipiélago verde y hoy visten el uniforme de obrero, de soldado, de estudiante, de profesional, de madres y hermanas, son, en fin, cubanos plenos y ellos deben de convocar a todos y cada uno de nosotros, los emigrados, desperdigados con nuestras penas a cuestas por los cuatro puntos cardinales, desalambrar los muros y abrir las ventanas al mundo, sin miedo, sin pudor, con las iras domadas.

Es hora de unión y del trabajo común, dejando a la justicia ocuparse de mercenarios y criminales, pues la corriente de la voluntad social de renovación se ocupará de ratas y desechos, ellos mismos irán, conducidos por las verdades, perdiendo sus tribunas de papel y caerán uno a uno en el olvido, allá, en los oxidados museos de inútil parafernalia para el olvido, donde apestarán sus penas hasta el infinito.

Señores, señoras, ministros y jefes, jefecillos y porteros, gente de sociedad y de pueblo, obreros y soldados, médicos y campesinos, solamente nosotros nos salvaremos de nosotros mismos: es ahora, o nunca.

Líneas en la Arena

No creo en los culpables, me hastían las excusas y me dan rabia los cómplices. Ese tiempo precioso en este planeta, del cual apenas somos efímeros pasajeros, no lo podemos desperdiciar en tretas y discursos vanos de políticos. Pasó la hora de los manuales y las mentiras: llegó el momento de los pueblos, de las palabras honestas abiertas al viento feraz como multicolores banderas teñidas de fervor.

Basta ya de muros, carceleros y sospechas. Es hora del amor, abierto, doloroso y a plena luz, como parto maravilloso que es de la vida. Quien no lo entienda que simplemente se sume, la marea olorosa a trabajo, preñada de tierra fecunda, preciosa en su acerada valentía, lo conducirá hacia el futuro que es hoy, tras los papeles falaces, los retumbantes altavoces y las pantallas heladas de los mensajes, púlpito de vida.

Siempre he creído en la hermosa parquedad de los héroes, de aquellos, a quienes por nosotros y por todos, se les oxidó la vida en las fronteras del odio y espero por la aprobación en la mirada limpia de los nuevos, con esa esperanza infinita de que los protegeremos de maldad y dolor.

Es hora de cambios, de estremecedora valentía de amaneceres, no de recelos y coartadas: si de algo sirve mi voz, mi incansable pedantería de adepto, les digo a todos: hay una sola vida, no nos permitamos venderla por tan poco.

CON LA IGLESIA
HEMOS TOPADO, SANCHO

Recuerdo la primera vez que pude hablar con mi madre tras 8 años de separación desde su salida a Miami por el Puerto de Camarioca -devenido en un puente aéreo desde Varadero -y luego las visitas a finales de los años ochenta, las primeras autorizadas entre los dos países que permitía regresar durante unos días a los entonces llamados "comunitarios" residiendo en los Estados Unidos y otras partes del mundo.

Treinta años después, más de 200,000 cubanos de los dos millones y medio desperdigados por todo el mundo, no pueden entrar a la isla, ni existe un procedimiento público de reclamación para aquellos a quienes se nos ha negado la entrada por diversos "apellidos", ya sean "balseros", "disidentes", "desertores" o cuanto nombre los burócratas rectores de la política migratoria han decidido imponer.

Recientemente, la polémica tuvo una respuesta del Gobierno cubano y el propio Presidente, General de Ejército Raúl Castro, el pasado primero. de agosto, durante la última reunión ordinaria de la Asamblea Nacional -Parlamento- indicó la necesidad de "actualizar la política migratoria", un tema que va más allá de la lógica de los tiempos, es ya un asunto de justicia.

Nadie pide la alfombra roja de bienvenida para los contados asesinos y terroristas que durante años han cometido crímenes contra la humanidad y el pueblo cubano en específico, pero justos no deben pagar por pecadores, sobre todo los cientos de miles de inmigrantes enviando religiosamente sus centavitos a los seres queridos en la isla, en cifras que superan los $1,400 millones de dólares solamente desde los EEUU.

LEY DE AJUSTE CUBANO

Hace 45 años el entonces presidente norteamericano, Lyndon B. Jonhson, firmó el 2 de noviembre de 1966 la ley de Ajuste cubano, dirigida a incitar la emigración ilegal de los cubanos y como dijo hace unos días el diario Granma, órgano oficial del Partido Comunista de Cuba, desestabilizar y socavar la sociedad de la isla, o textualmente: "Para quienes estén dispuestos a arriesgar la propia vida y la de otras personas, incluyendo niños, mujeres y ancianos, (Estados Unidos) abre sus puertas sin obligarlos a cumplir requisito alguno".

Esta Ley, indiscutiblemente es otra de las muestras junto al embargo de cinco décadas contra Cuba, causa de penurias y separación familiar de los cubanos, en la guerra sin fin del imperio norteamericano contra la isla. Hoy en día, mantiene la puerta abierta a un grupo de inmigrantes indeseados mientras la política de Washington ha evolucionado al otro extremo, o sea, evitar el flujo de ilegales por todos los medios posibles.

LLAMADO DE LA IGLESIA CUBANA

La única institución en la isla independiente del control del Gobierno y el Partido Comunista de Cuba es la Iglesia Católica, la cual en un país donde priman las creencias de las religiones afrocubanas, o sea la santería, se ha convertido en un puntal de soluciones a problemas surgidos en esta guerra inacabable contra el imperio, como fue el caso de la reciente amnistía de los presos políticos del grupo de los 75 y la tolerancia de grupos disidentes, como ha sido el caso de las llamadas "Damas de Blanco".

Ahora la Iglesia, adarga al brazo, enfoca contra lo que llama su revista (*Palabra Nueva*, Octubre

2011), una "nación fragmentada" y cita los Lineamientos del reciente congreso del Partido Comunista de Cuba, el cual en su número 265 pide: " "Estudiar una política que facilite a los cubanos residentes en el país viajar al exterior como turistas".

De ello dice Orlando Márquez en su texto en Palabra Nueva: "Afirmaciones de este tipo sirven para recordarnos que nuestro alcance y límites no dependen de la libre voluntad o capacidad personal -tampoco entonces nuestros sueños o aspiraciones-, sino solo del permiso que el Estado, o más bien ciertos funcionarios con poder, nos conceda..."

LO QUE SOMOS Y PODEMOS SER

Según estadísticas cubanas la emigración legal e ilegal supera anualmente los 41,000 cubanos y guiándonos por quienes llegan a los EEUU, esa cifra se compone en su mayoría por jóvenes y personas en edad laboral, lo cual constituye un desangramiento importante a la sociedad cubana, con una economía similar a cualquier país pobre del Tercer Mundo, a pesar de sus logros sociales indiscutibles.

Hoy se permiten nuevos pequeños negocios familiares, los cuales durante años han sido mantenidos con los centavitos del inmigrante, ganados duramente en el capitalismo. Ellos han creado, mantenido y apoyado tantos "paladares" -restaurantes privados- pequeñas fincas, camiones y "almendrones" -remendados autos norteamericanos de los 50 - y tantas y otras empresas.

Como digo, la Iglesia toma una posición por aquellos sin voz, quienes por miedo a represalias, a la cancelación del tan anhelado permiso de entrada -o de salida-, o sencillamente porque perdieron la fe en que sus protestas iban a ser escuchadas.

Es hora, no solo de ser realistas, sino del imperio de la justicia y la unión en paz de la familia cubana. Eso no conlleva leyes de Congresos extranjeros, ni cónclaves de exiliados de Miami, ni costosos congresos en Palacios. Se trata solamente del concierto de hermanos bajo la ley, a lo que José Martí llamó, una Nación con todos y por el Bien de Todos.

Del Ajiaco a la Colada

Quienes dicen que escribo mucho a lo cubano, tienen toda la razón y creo está en mi sangre catalana la influencia, por aquello de la soberbia y el pundonor típicos y nuestro sentido de lo correcto en el trabajo, la familia y sobre todo, aquello de velar por lo tuyo. Por eso el nacionalismo nos sale puro y de a bien, así como el regionalismo y el concurso del terruño.

Y digo porque el cubano es lo mismo en todas partes, encarnado cuando se come un caldo -por lo de español-, bien aliñado -por lo de africano- y siempre con arroz -¿será de chino?.

En serio, la Nación cubana, hoy como nunca está en una encrucijada, de la cual sólo puede salir si se quiebra, lo que aquel Curita polaco, hoy santo, dijo en la Plaza de la Revolución de La Habana, con la fuerza de la fe y el amor por la humanidad: "No tengan miedo...".

Es hora para el cubano de perder el miedo, dejar la explotación opresora de los temores implantados en esa nube de amenazas del desastre contaste, pretexto de 50 años para los muros y cerrojos controlados por un puñado de miserables que nos apartan, alimentando la imperdonable y dolorosa separación de la familia cubana, ese odio inane entre hermanos y compañeros.

Hoy, cuando cada vez mas nos desperdigamos por el mundo, creciendo a dos millones en los cuatro rincones del planeta, todos con nuestras familias y demonios a cuestas, veo la solución no en huir, sino en hincar en lo nuestro y exigir, con la fuerza de la verdad, el derecho a una Patria unida, a honrar las promesas, el respeto a la dignidad plena del hombre y sobre todo juntos derribar, con la fuerza de la verdad y la fe, los altares podridos de quienes no nos respetan.

Tanto afuera como adentro, fieles de cualquier fe, patronos de nuestras almas, sangre maravillosa de éste, nuestro singular ajiaco caribeño de español, africano, chino y tantos otros, es hora de sentarnos a la mesa común, con el ron fuerte de nuestra caña y el café ríspido de las montañas, pero a la concertación plena.

No pueden darse más dilaciones, la realidad, ni vive de excusas ni permite recelos ante las formas diferentes de la sangre nueva: es hora de la concertación tan perversamente pospuesta, de una Nación con Todos y por el Bien de Todos, sin temores, foráneos, misterios y canallas: es hora, no mañana, sino ahora, por todos y cada uno de nosotros, por quienes han dado lo mejor de sí por la Revolución, por el futuro de todos como cubanos plenos.

El poder de la sospecha

La rabia puede ser mala consejera, sobre todo cuando tienes razón. Comencé una página en Facebook sobre "Levantar las restricciones de viajes a Cuba", donde logré interesar a más de 800 de mis 3,900 amigos, sin embargo, la avalancha de insultos y ataques llegó a un nivel tal, incluyendo a cubanos de la isla, que en una noche de coraje, sencillamente la desaparecí.

He vuelto a las andadas, voy ahora por 300 amigos interesados, pero siguen siendo significativas las respuestas desde la isla y de algunos integrantes de la "solidaridad internacional", concentradas en las excusas tradicionales del irracional muro de odio contra la emigración cubana, repitiendo el complaciente argumento de aparear al "exilio" y la "emigración".

Aquellos de nosotros, con nuestras familias y demonios a cuestas alrededor del mundo, más de 2 millones de cubanos "de afuera", sabemos bien quienes son los "exiliados", sobre todo en mi caso aquí en Miami donde los sufro a puñados, rumiando sus penas y siempre con la excusa cotidiana para lamer el dinero del Gobierno federal norteamericano de la "lucha por la libertad de Cuba".

Los emigrados, por el contrario, somos aquellos atareados en el cotidiano sobrevivir, apartando los centavitos, como todo buen inmigrante para ayudar a los nuestros en la isla, sin odios, trastiendas o rencores, con la conciencia de que ese sacrificio busca un futuro mejor para todos, mientras se nos acaba la vida pagando la cuenta de una industria creada a la sombra del embargo para explotar al cubano.

No es cierto, repito, es una falacia miserable, considerar como enemigos a todos los emigrados. Esa creencia de que la inercia, el desinterés y la burocracia enraizada en la isla, son ajenos a las Relaciones Exteriores y al "tratamiento y la atención a la comunidad en el exterior", es considerar la sanidad del dedo en la mano gangrenada. Estemos conscientes: tratar de contener un incendio a patadas, es la mejor forma de esparcirlo.

En el caso de los Estados Unidos, un puñado de funcionarios cubanos procesa cada año más de 800,000 pasaportes e incontables documentos legales, los cuales si bien le producen al país más de $290 millones de dólares al año, dejan insatisfechos a aquellos esperando por meses para tener el documento de viaje a la isla, el cual, aunque tengas la ciudadanía norteamericana, es obligatorio para viajar a Cuba.

Nadie discute la necesidad del país por obtener divisas, ni el destino social o no de ese dinero: lo importante es tomar conciencia de un fenómeno indetenible y creciente como es la emigración de más de 30,000 cubanos anualmente, en su mayoría jóvenes y profesionales. La política del avestruz y la cortina de humo de considerarnos a todos como enemigos, ya no funciona.

Eso sí, llamar la atención sobre el tema conlleva una respuesta rápida y efectiva a la burocracia de prohibir la entrada al país de la persona en cuestión, lo cual, en un proceso absurdo y del cual no existe apelación posible, ha llevado a balseros, "desertores", intelectuales residentes en otros países, así como a personas comunes y corrientes a un limbo sin recurso de separación familiar: ya suman más de 77,000 cubanos los "anulados" solamente en los Estados Unidos.

Es hora de que en justicia, la sociedad cubana, donde el amigo, el hermano, el vecino somos los emigrados enviando billones de dólares a la economía, destine algo del talento y la compasión que nos caracteriza a enfrentar este problema, producto de una burocracia inerte y timorata. No es el momento de inventarse enemigos para justificar incompetencia, sino de agrupar a todos por el futuro de nuestra Nación.

Bueno para Nada

Tal vez no sea exacto en eso de "bueno para nada". Muchas recipientes de El País aquí desde hace meses, enrollado en el detestable tabloide en español de The Miami Herald, lo destinan a un buen uso: papel para recoger los desperdicios de sus mascotas, pues el reparto se hace a determinados vecindarios proclives de leer en español, lo cual no es frecuente entre los subscriptores del mayor periódico local.

Dios me libre de pensar mal del trabajo de los colegas, pero en Cuba aprendí que impreso de hoy es el papel sanitario de mañana y bien merecido se tiene ese nombre la envoltura de El País en Miami: El Nuevo Herald, por ser un periódico sin espinazo, ni corrector de estilo o editoriales por ese caso y ahora peor, sin casa, porque la compañía matriz de California le vendió el edificio a una firma de hoteles-casino de Malasia.

Triste destino para una publicación de mala calidad, reaccionaria y sobre todo, de nuevo, sin principios, la cual despide a periodistas por aquello de no molestar a los anunciantes y donde el Editor se rebaja a pedir disculpas en público a las bien financiadas turbas derechistas plantadas frente al periódico, censurando toda opinión ajena a los grandes intereses del sur de la Florida. ¿Triste dije? No: bien merecido.

Le pregunté hace dos semanas aquí en Miami a un colega de El País en Washington, en un desayuno de periodistas hispanos, sobre el "negocio" entre El Nuevo Herald y su periódico, pero no pudo dar una respuesta concreta, solo mencionó algo sobre "intereses corporativos". Aquí se comenta que el Grupo Prisa paga a The Miami Herald unos 300,000 euros por ese maridaje.

En fin, misterios de los grandes intereses, el asunto es apuntalar a otra de las víctimas del grupo mafioso del exilio cubano de Miami, entre ellas la prensa local y en primer lugar The Miami Herald, en una muerte no por anunciada menos real. Es penoso por las decenas de colegas y trabajadores del periódico con un futuro en la colas del paro en el sur de la Florida en momentos donde el desempleo roza el 14% y tenemos más de medio millón de ilegales en las calles. Cosas del capital.

Ni Desertores,
ni Comunitarios:
Cubanos Todos

La nostalgia del cubano por lo suyo no está solamente en esa tacita de café de las mañanas,
ese aroma increíble de sabor amargo y dulzura
insoportable que tiene, para muchos de nosotros,
la fortaleza de darnos la voluntad de otro día
lejos del terruño, de nuestros campos de esme-
ralda y azules, de los seres queridos, en fin, de la
Patria.

Sin embargo, el país continúa con la política del
cerrojo y la mentalidad de campamento, sepa-
rando a las familias y vetando a decenas de miles de cubanos de la posibilidad del rencuentro
con los suyos, lo cual no es solamente injusto,
sino estúpido. Somos más de 2 millones desperdigados por el mundo con nuestra descendencia
a cuestas, una fuerza económica y política rele-
gada.

Noticias como la reciente de la "deserción" de
otros dos jóvenes, esta vez los integrantes de
una delegación universitaria visitando La Florida para participar en un concurso de ciencias de
la computación, se esparció como una llamarada
a cientos de periódicos y publicaciones electróni-

cas en el día, en el reflejo de la punta del iceberg de la salida cada año de decenas de miles de jóvenes cubanos.

Es innegable que existe una política norteamericana dirigida a estimular las "deserciones" y salidas ilegales del país, sobre todo a profesionales y jóvenes, dentro del esquema del embargo, destinado a debilitar a la Revolución y a castigar por hambre y necesidades a quienes la defienden. Pero eso solo es parte del problema mayor cuyo eje radica precisamente en la visión necia y decadente de que somos el centro del universo.

El fenómeno de la emigración no es único de Cuba y mientras en el mundo millones se desplazan cada año en la búsqueda de mejores oportunidades o, sencillamente, por decisiones personales, no entendemos los cubanos que somos parte del mundo y aquellos decididos a irse a la China a buscar trabajo o vivir allí no es, ni criminal, ni enemigo: sino sencillamente alguien que tomó una decisión diferente al colectivo.

Los cubanos de la isla no pueden hacer nada contra la Ley norteamericana de Ajuste Cubano, ni siquiera impedir que se asignen millones de dólares del presupuesto federal destinados a promover la insurgencia en la isla, pero ¿saben qué? Los más de dos millones de emigrados que viven en los Estados Unidos, sus familias y seres queridos sí pueden, con sus votos y acción política, si fueran convocados.

La solución a los problemas que nos separan está en nosotros mismos, no en alaridos en papel. Mientras se mantenga la política de campamento de llamar desertores a quienes deciden irse, mientras la burocracia determine quién es "conveniente" o no para entrar al país o tener una "tarjeta blanca" para salir de él, seguiremos separados, y por tanto, se mantendrán esas leyes y esas agresiones, como el embargo.

Si no le quitas al enemigo sus argumentos, si no eres capaz de adaptarte a la realidad o crecer con ella, te quedarás en el pasado, aferrado a esos manuales que ni quienes los crearon existen, mientras te conviertes en ajeno para tus hijos y nietos, a quienes se supone debes haber educado a tu imagen y semejanza, es decir en tus ideales: serás tú el retrógrado, el contrarrevolucionario.

Hoy en día, las relaciones de Cuba con su emigración las determina el miedo y no la razón, las marca el odio y no la lucidez, las decreta la soberbia y no la entereza.

Debemos hoy y no mañana, arrebatándole la iniciativa al enemigo, darnos entre nosotros mismos una tregua, por nuestros hijos, el futuro y sobre todo, por Cuba.

EL TRAPO *COLORAO*

Prosigue la politiquería barata en Washington para complicarle la existencia a la familia cubana. Luego de la flexibilización progresiva de la administración Obama Díaz-Balart y compañía buscan eliminar, según dijo: "las medidas de Obama [sobre los viajes y remesas] y regresar a la situación imperante bajo la presidencia de [George W.] Bush....".

Según el periódico The Miami Herald, los cambios proponen exigir licencias para viajes a la isla, los limita a uno cada 3 años por un 14 días y endurece la definición de "familia". La enmienda también reduce las remesas a la familia inmediata a $300 trimestrales y no es la única:

"Esta enmienda es un asunto de seguridad nacional, una cuestión de derechos humanos y un asunto de libertad", recalcó Diaz-Balart.

Todo eso es mentira y por supuesto, otra maniobra politiquera de estos amanuenses de los grupos políticos de extrema derecha para consolidar su poder entre los ancianos votantes cubanoamericanos. Por cierto que este grupo ya logró controlar la mayor ciudad de cubanos en los Estados Unidos, Hialeah y ahora está invirtiendo millones para extenderse al municipio Miami-Dade, en las actuales elecciones para Alcalde.

Sin embargo las cifras no mienten, pues según un reporte de la Oficina Nacional de Estadística (ONE) de Cuba en el 2010 apenas llegaron 63,000 visitantes desde Estados Unidos, un modesto incremento del 20 por ciento con relación al 2009, cuando comenzaron a relajarse las restricciones de viajes y las licencias para permitir las visitas de los norteamericanos a la isla.

Tomando en cuenta que el año pasado cerró con unos 300,000 pasajeros hacia la Cuba (40,000 de ellos viajeros frecuentes), esta cifra es ridícula para justificar la alharaca de Díaz-Balart y sus colegas en el congreso federal en Washington DC. La historia se repite con estos políticos mendaces que nos gastamos, agitando el trapo colorao a ante los votantes, mientras sus amos en Miami se hinchan con los dineros federales para el "exilio combatiente".

Cosas veredes que farán fablar las piedras...

La Mar no es Extraña, ni Ajena

Todos los cubanos, como isleños que somos, participamos por la fascinación por el mar. Nuestra relación de amor con el océano es muy real e importante, conceptos religiosos y destinos aparte, pero en primer lugar está nuestra pena por las miles de vidas perdidas en la ruta hacia el sueño de una vida diferente en los Estados Unidos, donde tantos y tantos balseros han perecido persiguiendo un espejismo.

Las manipulaciones de la política, como la criminal Ley de Ajuste Cubano, la política llamada de "pies secos pies mojados" implantada por el presidente demócrata Bill Clinton o los millones de dólares gastados en propaganda, como la emisora gubernamental Radio Martí, servicio de la Voz de América, o invertidos en coimas a periodistas de Miami para propagar la mentira de la "deserción para la dulce vida en La Florida".

A pesar de que las cifras de balseros han disminuido en los últimos años hasta unos 2,500, lo cual con los 38,000 inmigrantes anuales desde Cuba pone la cifra de los que no regresan por encima de los 40,000, todavía hay quienes arriesgan sus vidas en el estrecho en todo tipo de embarcaciones y muchos de ellos -desgraciadamente- perecen en el intento.

Los Estados Unidos de Norteamérica siguen siendo el destino del 89% de la emigración cubana con casi un millón de primera generación residiendo en su territorio y según el más reciente censo nacional hay 1.7 millones que se consideran 'de origen cubano', radicando un 52% de ellos en el sur de La Florida. España sigue a EEUU en receptor de emigrados, los cuales alcanzan la cifra de 104,992 según el censo más reciente.

HAY QUE IMPORTAR ALIMENTOS
Y LAS DEUDAS CRECEN

Bajo un férreo embargo norteamericano, el cual permite a Cuba adquirir alimentos y algunos productos escogidos en efectivo, al finalizar la era Clinton (1993 to 2001) se autorizaron las ventas a la isla, pasando de exportaciones directas de apenas $7.2 millones anuales a $145.9 millones de dólares en el 2002, según cifras del Departamento de Comercio federal.

Durante los seis años siguientes (2001-2006) hasta la toma de posesión al frente del país del general Raúl Castro en el 2006, EEUU exportó a Cuba $1,518.6 Mil Millones de dólares. En la etapa 'Raulista' las cifras crecieron anualmente a: $447.1 millones (2007); $711.5 M (2008); $532.8 M (2009); $367.9 M (2010) y hasta Mayo de este año $151.3 M. O sea que después del traspaso del poder de Fidel Castro a su hermano

Raúl hace cinco años, las compras ascienden a $2,210.6 Mil Millones de dólares.

Todo esto no es solamente por el embargo económico de 50 años, sino a causa de un sistema de producción agrícola inoperante que el propio Raúl llamara el 26 de Julio del 2007 imperativo poner a producir: "necesitamos introducir cambios estructurales y conceptuales", lo cual ha sido una prioridad de su mandato, enfocado en mejorar la producción nacional de alimentos nacional, pues es una parte importante del presupuesto nacional de $58 mil millones de dólares.

La crisis económica internacional ha traído un creciente incremento de los precios de los alimentos y otros artículos de primera necesidad, lo cual ha influido negativamente en el balance de la economía cubana que acumula $72 mil millones de dólares en su deuda externa, siendo los cinco mayores países acreedores Rusia ($28.2 mil millones); Venezuela ($15.7 mil millones); China ($9.1 mil millones); Japón ($3.4 mil millones) y España ($3.3 mil millones).

¿QUÉ SUCEDE EN EL *FRENTE* AGRÍCOLA EN ESTE QUINQUENIO?

Se han pagado las deudas de decenas de millones de pesos que las empresas estatales le debían a las cooperativas y los campesinos, pero la ineficiencia burocrática de esas empresas provoca que se demoren los pagos contra servicios recientes, además de que la reorganización agrícola estatal llevo al cierre y transformación de empresas. Según reporto la prensa cubana se reubicaron decenas de miles de trabajadores que no estaban directamente vinculados a la producción.

La asignación de las decisiones hacia los niveles municipales, la creación de nuevas provincias y la reducción del aparato burocrático son medidas en esta direccion, sin embargo la creación paralela de empresas de servicios a los productores ha creado la incertidumbre de si esa nueva "cadena" de suministros caerá en manos de las antiguas prácticas ineficientes.

Tiendas para la venta de suministros y herramientas, préstamos bancarios al alcance de los productores, cambios en las escalas de precios de productos agrícolas, sobre todo la leche y la carne, han estimulado a miles de cubanos a intentar comenzar sus propios cultivos, enfrentando a punta de machete las miles de hectáreas de marabú que el desmonte de la industria azucarera dejara en tierras agrícolas, ahora disponibles.

LOS PROBLEMAS QUE REFLEJA LA PRENSA CUBANA

Como dijera el periódico *Trabajadores*: "hacer de tripas, corazón..." contra el marabú "frecuentemente sin las herramientas necesarias y sin una gota de herbicidas, solamente a punta de espíritu". Otra investigación, pero de *Juventud Rebelde* descubrió muchos otros problemas y más allá de la falta de recursos, lo mas importante fue que no existía preparación ni asesoramiento técnico para las 'nuevos' campesinos.

También *Trabajadores* reconoció que: "era iluso pensar...que cualquier proceso agrícola que empezara con la solicitud de la tierra, pudiera tener resultados productivos importantes en apenas nueve meses", reconociendo que la burocracia permanecía con el control por varias organizaciones estatales de ese proceso e inclusive apareció en *Granma*.

En la primera plana se publicó el planteamiento de los campesinos en un pleno de su asociación nacional *ANAP* en la ciudad de La Habana, presidida por José Ramón Machado Ventura, miembro del Buró Político del *PCC* y primer Vice presidente de los Consejos de Estado y de Ministros, sobre los "diabólicos" mecanismos burocráticos que no permitían incrementar la producción de carne de cerdo, entre otros problemas.

Sin embargo, el combate contra la burocracia crece, pues las aperturas, los cambios y las crecientes transformaciones "desde adentro" del Partido y del Gobierno -y sus estructuras- han incrementado los retiros, despidos y estímulos a que muchos pasen a ser productores y proveedores de servicios independientes de la estructura estatal, lo cual amenaza llegar hasta 1.3 millones de trabajadores cubanos en los próximos años.

LAS INVERSIONES EN PEQUEÑAS EMPRESAS

Tradicionalmente las remesas familiares estaban limitadas por las regulaciones del embargo norteamericano a un nivel de apenas $300 cada tres meses, sin embargo la Administración Obama amplió el concepto a $500 para cualquier persona, sin necesidad de tener familia en Cuba y se estima alcance los $2 mil millones de dólares en los próximos años.

Al igual que en otros países con fuertes comunidades emigradas, el dinero enviado se destina a productos de primera necesidad, inversiones en mejoramiento de vida (como viviendas) e inversiones para empleos por cuenta propia y aunque sólo lo recibe una parte de la población del país, el efecto de "derrame" hacia otras áreas de servicios consumidos o empleos por cuenta propia, es un factor a considerar.

Según estudios del Fondo Monetario Internacional, donde no existe un sector financiero desarrollado que apoye el surgimiento de pequeños negocios, las remesas suministran créditos de inversión en este sentido. Este fenómeno no es nuevo en el caso de Cuba, donde han ido creciendo, antes y después de las reformas, las pequeñas inversiones familiares y los llamados "bancos de macetas" para la distribución privada de remesas.

EL DILEMA DEL 'REGRESO'

DE LOS EMIGRANTES CUBANOS

Durante años el desarrollo del proceso revolucionario cubano y la agresión directa por parte del imperialismo norteamericano en actos de terrorismo, bloqueos y el genocida embargo económico, crearon la mentalidad defensiva de odio y rechazo a todo el que partía para el exterior y sobre todo para los EEUU. Sin embargo, cada vez más la emigración cubana, sobre todo después del éxodo del Mariel es marcadamente económica.

En el caso de Cuba, aunque se ha producido un proceso de 'deshielo' con la emigración, aún no existe un basamento jurídico y organizacional para el estímulo y el regreso, más allá de lo que se conoce internacionalmente como "migra dólares" y aun así las trabas burocráticas mantienen cerrada la entrada al país (según estimados de la prensa norteamericana) de entre 70,000 y 200,000 emigrados, principalmente radicados en los EEUU.

Según una publicación de Diálogo Interamericano las remesas de la comunidad cubanoamericana superan el 2% del Producto Interno Bruto del país, muy similar a lo que sucede en México. Sin embargo existen diferencias capitales en el uso de las remesas, pues en Cuba no se hacen grandes gastos en el tema de salud y educación, las cuales son gratuitas.

¿EXPORTAR LAS GANANCIAS O VIVIR EN EL PAÍS?

Como planteábamos anteriormente, al no existir una política de integración de la emigración a la sociedad cubana, sin motivación, tanto legal como financiera o moral, esas remesas o posibles inversiones se hacen a corto plazo, en mejoramiento de viviendas, nivel de vidas o pequeños negocios familiares o sencillamente para costear la emigración de otros familiares o seres queridos.

Con el anuncio de que un 10% de la fuerza laboral estatal del país de unos 4 millones de personas serían despedidos, muchos de ellos buscarán el sustento en el sector privado, o la vía de la emigración, como alertaba un mensaje electrónico enviado a Washington en Febrero del 2010 desde la Sección de Intereses de EEUU en La Habana, comunicando que si la deuda cubana afectara "fatalmente" la economía cubana, crecería dramáticamente la emigración desde la isla.

Si la política de cambios, del reconocimiento a la legitimidad de que el sector "privado" puede hacer una contribución real a la sociedad cubana, existiría esa inversión tan necesaria de recursos y talento de la emigración, se crearían nuevos empleos y oportunidades en el país. El propio Presidente Raúl Castro, en diciembre del año pasado ante el Parlamento cubano dijo:

"Abundando sobre el necesario cambio de mentalidad mencionaré un ejemplo: si hemos arribado a la conclusión de que el ejercicio del trabajo por cuenta propia constituye una alternativa más de empleo para los ciudadanos en edad laboral, con el fin de elevar la oferta de bienes y servicios a la población y liberar al Estado de esas actividades para concentrarse en lo verdaderamente decisivo, lo que corresponde hacer al Partido y al Gobierno es facilitar su gestión y no generar estigmas ni prejuicios hacia ellos y para eso es fundamental modificar la apreciación negativa existente en no pocos de nosotros hacia esta forma de trabajo privado...".

Sin embargo se necesitan garantías legales, eliminar la burocracia que asfixia las estructuras económicas cubanas y sobre todo, convencer al pueblo de que esta vez no se retrocederá como cuando las reformas de 1978 y 1993, donde desaparecieron prácticamente todos los "paladares" y pequeños negocios por cuenta propia en el país. Las 171,000 licencias por cuenta propia en seis meses, de octubre del pasado año a marzo del presente, representan el crecimiento de esa confianza.

LO QUE PODEMOS Y DE LO QUE SOMOS CAPACES

Mucho más allá de enviar dinero a nuestros seres queridos, de que se armen restaurantes, se alquilen habitaciones, o se vendan chucherías, artesanía, o casetes de música, se rellenen fosforeras o se reparen bicicletas, podemos participar, con la experiencia en la economía de mercado el entrenamiento o desarrollo de pequeños negocios, así como en pequeños préstamos para poderlos desarrollar.

Lo más importante, la comunidad emigrada pudiera adquirir o construir propiedades, tanto vacacionales como de retiro y gastar en servicios en el país (los cubanos son el segundo grupo en reservaciones turísticas en el país después de los canadienses, según cifras de la ONE) y reinsertarnos a la sociedad como cubanos plenos, lejos de quienes intentan destruir y no han sido, como nosotros, educados por la Revolución.

Pero para ello se necesitan, más que palabras, acciones reales, empezando por el respeto y el aprecio a los emigrados cubanos, hoy el hermano, el vecino, el compañero y no el enemigo del Norte.

Se les acaba el tiempo
a los dueños de los relojes

Hoy en día, cuando en todas partes se cuestiona el mejor lugar para disfrutar de la *visa para un sueño*, sigo creyendo que éste no lo es y aunque los cubanos seguimos llegando, tal vez por aquello de los beneficios del *ajuste*, privilegio negado a los *negritos* de Haití o los *indios* de Latinoamérica, como tan mal vociferan estos *exiliados* racistas que nos gastamos en la calle Ocho y sus emisoras.

Sin embargo, estos mismos *exiliados*, ratas del imperio desde que arribaron a esta ciénaga en los 60, ahora se revuelven contra su propia sangre y califican, al *Ajuste Cubano* de Ley: "anacrónica e injusta".

¿Por qué? Pues porque el *exilio* se diluye, sus pretextos de ser *emigrados políticos* se acaban y se esfuman las subvenciones de decenas de millones de dólares del dinero de los contribuyentes a sus organizaciones de cuatro gatos, destinadas a *payolas* a periodistas, políticos y pagar programas de radio, páginas internet e interminables diatribas de octogenarios héroes de la estampida.

Nunca, hasta hoy, se acordaron del privilegio de esa Ley al inmigrante cubano, con residencia legal en Estados Unidos y beneficios desde pagos de seguro social hasta sellos de alimentos, con la posibilidad de hacerse ciudadanos a los cinco años, lo cual no podían obtener otras comunidades de honestas familias, como los nicaragüenses, los venezolanos, mexicanos o centroamericanos -los *indios* de marras- o los *negritos* haitianos.

Su gritería se basa, esta vez, en la diferencia con los *cubanos nuevos*, emigrados de las oleadas a partir de los años 80, los cuales tan pronto legalizan su situación viajan de vuelta a la isla a visitar a sus seres queridos -si el Gobierno cubano les permite la entrada-, lo cual, es su derecho según la constitución norteamericana, al ser residentes legales, o ciudadanos.

Luego de muchos años de ser los preferidos del imperio, los *exiliados* pierden el lustre de auto declararse titanes de la estampida y también, lo que más les duele en el ocaso de sus vidas, va raleando la *payola*.

La realidad duele y también el hecho de la osadía del cubano en favor de su Revolución, lo cual no demuestran como dóciles seguidores del *palo y la zanahoria* -ejemplos frecuentes sobran en Miami-, sino de constructores afanados por un sistema social donde la educación, la salud y la protección son derechos y no promesas de políticos, todo a pesar de la constante amenaza real y un genocida embargo del mayor imperio del mundo.

Por la otra parte, no existe justificación para el control de una burocracia obsoleta y absurda sobre los destinos de un pueblo, o del mantenimiento de figuras -con su justo pedestal en la historia-, pero hoy muestra de atraso y resabio, demostrando en su abstrusa contención a lo nuevo, todo lo contrario de la imagen proyectada por sus acciones pasadas. Triste final del líder, terminar en el apolillado uniforme de pasadas glorias, como blanco del escarnio popular.

Los extremos se tocan y a la vez como cambian las fronteras políticas de uno y otro lado, la apología del inmovilismo, la loa ilustrada por la prebenda y el ocio impuesto al productor, nos convocan al desastre, abonado por aquellos ecos de una estampida cobarde, solidarios contra el pueblo, a los ejemplos de fatiga de quienes fueran, o nunca fueron, los revolucionarios que hoy necesita la Patria.

El imperio no osa invadir a Cuba, no por aquello de tecnologías y prepotencias en demasía, sino porque la estrategia debe contar con la respuesta del tsunami internacional de apoyo a la Revolución cubana y del combate viril de un pueblo constructor de esa sociedad, ni con mucho perfecta o acabada, pero sí la base de las esperanzas, esfuerzos e ideales de todos los cubanos, donde quiera que estemos.

Es hora de enfocar los cañones a los verdaderos enemigos, de adentro y de afuera, del concierto unido con la convocatoria de todos los cubanos desperdigados por el mundo y sobre todo, de escuchar el alerta del poeta que con su verbo, su pluma y su sangre forjó el acero de una Revolución aplazada: levantemos al fin una Nación con Todos y por el bien de todos.

Querido Pablo, en el Breve Espacio en que Estarás

Demostró la noche de este sábado de agosto el concierto de Pablo Milanés aquí en Miami que azuzar a un grupo contra el otro y agitar odios no vende entradas -podrá impulsar agendas políticas, o mantener la imagen embustera de una comunidad extremista y retrógrada- pero no atraer a los más de 2 millones de latinos (1,2 millón de cubanos), muchos confundidos y disgustados con la actitud ambigua del cantante, otrora una voz de nuestra generación.

El American Airlines Arena en Miami, un complejo deportivo y cultural, tiene capacidad para 5,800 personas y no es precisamente uno de los más baratos de esta ciudad, entonces, si acudieron 3,000 a ver al trovador habrá que esperar un incremento de los precios de los pasajes a Cuba y de los minutos de llamadas a nuestros seres queridos en la isla, pues de esas compañías provienen los fondos para estas presentaciones culturales.

Estoy totalmente a favor de la libre expresión, del intercambio entre los dos países, de tender puentes entre las dos orillas. Pero a la vez digo, agitar trapos para encender pasiones, capar políticamente el repertorio del concierto, dar declaraciones contra la Revolución cubana y alinearse con personeros pagados por las agencias de inteligencia norteamericanas, demostró con hechos que no vende entradas.

No sé si inclinándose ante lo más reaccionario de Miami le va a conseguir a Pablo una cena con Emilio Estefan o una foto con la Fundación Nacional Cubano Americana, o tal vez otras pícaras intenciones de un adiposo ego, pero recuerdo ahora las palabras de una anciana maestra de cuando el bachillerato en mi pueblito polvoriento en Cuba: "El precio del honor que se vende es superior a lo que vale".

Querido Pablo, en un breve espacio estarás, pero no en mi corazón.

OBAMA: UN PRESIDENTE CANIJO Y FARSANTE

No me fío de la política norteamericana y ante las declaraciones del Sr. Obama de ayer se avizora el rumbo, cuando se vencen las medidas "provisionales" establecidas por decreto -no por ley del Congreso federal- sobre el embargo a Cuba, las cuales expiran este mes y continúan, a pesar de la oposición internacional como el reciente rechazo masivo de las Naciones Unidas, con solo con tres opuestos Israel, Palau y las Islas Marshall.

Los EEUU han mantenido guerras con China (en Korea) y en Vietnam, con la pérdida de decenas de miles de vidas norteamericanas, sin embargo se han normalizado las relaciones con ambos países (1978 y 1995), con incrementos masivos de intercambio económico, negocios y visitas, sin embargo Cuba no. ¿Por qué esos países comunistas de Asia tienen esas preferencias?

Hay historia de este tipo de "embargos" patrocinados por los grupos de intereses económicos en este país, como lo fuera el establecido contra la Unión Soviética, el cual se derogó ante la presión de la Depresión económica en Noviembre de 1933 por el entonces presidente Franklin Roosevelt, el cual estableció relaciones diplomáticas con la Rusia "Roja".

Sin embargo, el implantado contra Cuba tiene raíces mucho más siniestras -si fuera posible-, pues durante la administración de Eisenhower, a pesar de las advertencias en 1960 del entonces subsecretario de estado federal Lester Mallory del apoyo popular a la Revolución, se tomó en cuenta su sugerencia de que "la única manera exitosa de desacreditar el apoyo interno, es a través de la desilusión y oposición basadas en el descontento ante la ruina económica y las penurias...".

Lo mejor -o lo peor sigue: el objetivo del embargo era: "disminuir los ingresos y el nivel de vida, provocar el hambre, la desesperación y el derrocamiento del Gobierno". Poco después, en la flamante Administración de John F. Kennedy, se instituyó el embargo total y vino la derrocada invasión mercenaria de Playa Girón, la cual llevó al propio Kennedy a las lágrimas, según declaraciones de su fallecida esposa, reveladas recientemente.

Mucha agua ha corrido bajo los puentes y todos los presidentes después han prometido el derrocamiento de la Revolución cubana: pero sigue allí, a pesar de criminales restricciones adicionales como la Ley Torricelli -que el congresista demócrata por New Jersey, Robert Torricelli, prometiera llevaría a la debacle en Cuba "en semanas..." (sic).

Cincuenta años después, a veinte años de la caída del campo socialista, ya se esfumó en la historia la Guerra Fría, pero el embargo contra Cuba se mantiene: ¿por la voluntad interesada de un grupo de millonarios cubanoamericanos? ¿O de otros círculos de poder en los EEUU y el Caribe que no se beneficiarían de una apertura cubana al mundo real?

No existe un apoyo masivo a favor del embargo a la isla, ni siquiera en la comunidad cubana del sur de la Florida, de donde parten los reclamos y el apoyo monetario a los políticos a favor de las restricciones. Obama se ha olvidado de que ganó las elecciones presidenciales aquí, en el centro de la comunidad cubanoamericana a pesar de sus promesas de aflojar las restricciones de viajes y envíos a familias en la isla.

Es evidente, la comunidad se rejuvenece y cientos de miles de nuevos emigrantes desde los años 80 han cambiado totalmente su espectro, con personas favorables a los viajes y las relaciones normales con Cuba, los cuales entienden el beneficio de la influencia del turismo y las visitas para impulsar las reformas en la isla, algo bien claro para el Gobierno cubano, el cual limita la entrada a decenas de miles de cubanoamericanos.

No quiero hablar aquí de los beneficios económicos posibles para la Florida y el resto del país con el levantamiento del embargo, pero es importante mencionar que detendría la inmigración constante de decenas de miles de cubanos anualmente hacia el sur del país, en un momento de crisis del cual no se ve salida inmediata y crearía fuentes de empleo en la isla para quienes ven hoy emigrar como la única solución.

Nada puede hacer Obama con las actuales políticas de aislamiento, embargo y financiamiento de los grupos en Miami que son precisamente sus enemigos politicos, pero sí, adoptando una política de contacto y apertura, puede influir en la sociedad cubana con el levantamiento de restricciones obsoletas e inútiles y patrocinando, en vez de malgastar decenas de millones de dólares en una disidencia inflada desde Miami, la verdadera apertura entre los dos paises.

Pero como dije, no me fio de los politicos y mucho menos de un Presidente canijo y farsante.

Algo de Enemigos
y Mucho que Decir

Como cuando se drena una batería de auto me siento cada vez que voy a un programa de televisión a debatir estupideces y vale el parche el de ayer, sobre los viajes a Cuba desde los Estados Unidos: el voto más importante sobre la validez del cambio de las fuerzas políticas en la comunidad exiliada cubana es que más de 480,000 emigrados cubanos envían dinero y ayuda a sus familias o viajan a la isla -al menos quienes tienen el permiso de los burócratas cubanos.

La Administración Obama abrió las puertas a los viajes, autorizó 15 aeropuertos nuevos, pero como siempre, la pezuña sale: no se autorizan las suficientes licencias para los viajes de los norteamericanos y los viajes desde esos lugares, fuera del mercado cautivo que representan las familias cubanas, se convierten en incosteable para cualquiera de las 10 compañías con aterrizaje autorizado por el Gobierno cubano.

Después del entusiasmo inicial por el anuncio de viajes a la isla desde más de una docena de aeropuertos alrededor de los EEUU, las fechas de inicio de los vuelos se siguen posponiendo y algunas compañías de retiran del propósito, reconociendo, como me dijera un empresario bien plantado de esta industria: "el concepto de ingenuidad de considerar competencia la impunidad dentro de un mercado cautivo".

La realidad es que quienes viajan son los emigrados recientes -al menos los llegados en los últimos 20 años-, consecuencia del terrible Período Especial de la economía cubana en la década de los 90, luego del derrumbe de los subsidios del campo socialista. Son una típica emigración económica totalmente diferente a los profesionales del alarde que desde los años 60 viven de la jugosa industria de los subsidios imperiales para la "libertad de Cuba".

Sin embargo, ese grupo de "mantenidos" cierra el círculo vicioso de la política extremista de derecha y el control de la prensa en el sur de la Florida, en un proceso mafioso que impide cualquier opinión diferente y chantajea a comerciantes y organizaciones, en sus intentos de desafío a su imperio, el cual se fortalece con políticos situados en todos los niveles, desde las ciudades hasta el Congreso y el Senado federales.

El reconocimiento de lo más reaccionario y fascista dentro de la política norteamericana a este poder político innegable fue que la semana pasada el candidato presidencial republicano Mitt Romney, alegremente se presento en Miami junto a los tres chiflados de ese grupo en el Congreso federal -uno que no está por problemas de corrupción aún bajo investigación: Lincoln-, Mario e Ileana Ros-Lehtinen.

Sin embargo, la realidad no ha llegado a la política aún con la fuerza necesaria. Esa nueva generación de cubanos nacidos, educados o recién llegados al Miami donde residen más 850,000 emigrados de primera generación que votan con sus viajes y la relación con sus seres queridos en la isla, todavía no son una fuerza en la vida política local por diferentes causas.

En primer lugar la bien engrasada maquinaria política republicana que controla el voto de los ancianos recalcitrantes, la falta de participación ciudadana de los más jóvenes y el rechazo evidente de La Habana al reconocimiento de la emigración cubana.

Durante años a quienes viven del negocio de la crisis, tanto en Cuba como en los EEUU les ha venido como anillo al dedo mantener la imagen de un exilio recalcitrante y retrógrado en Miami para sus intereses de grupo -sin negar el daño y las agresiones constantes que han partido de aquí hacia la isla. Pero eso no justifica la prohibición de entrada de más de 200,000 cubanos y las madejas de papeleos burocráticos, costosos permisos y pasaportes para limitar los viajes.

No se trata de una política, sino de un sentido de supervivencia para quienes continúan apagando a patadas el arbusto mientras es claro como se esparce la llama de la realidad: la comunidad cubana en el exterior cambió y son ellos los que tienen la llave para el cambio en la política norteamericana hacia Cuba, lo cual no le conviene a muchos, aferrados a sus sillas de poder, aquí y allá.

En definitiva, la realidad se impondrá y como siempre las voces jóvenes, aunque diferentes en sus propios tonos, son la música del presente: es hora de moverse, o te quedas fuera.

Los Cubanoamericanos Aportamos a la Economía Nacional más de $1.9 Billones de Dólares Anuales

La comunidad cubanoamericana en el territorio continental norteamericano y Puerto Rico representa hoy para la economía cubana ingresos directos por concepto de viajes y trámites migratorios, ayuda familiar y las telecomunicaciones superiores a los 1.9 billones de dólares, según estimados conservadores que no incluyen otros ingresos.

Solamente la mitad de la comunidad cubanoamericana que supera ya los 2 millones de personas en inmigrantes de primera generación, descendientes y familiares los que viajan a la isla, aportan al consulado cubano en Washington un estimado en costos por pasaportes, visados y documentación DC de más de $185 millones de dólares al año.

En cuanto a los viajes a la isla, autorizados desde tres aeropuertos norteamericanos: Miami (MIA), Nueva York (JFK) y Los Angeles (LAX) a cinco terminales aéreas internacionales en Cuba: La Habana, Cienfuegos, Camagüey, Holguín y Santiago de Cuba, en frecuencias que superan los cuatro vuelos diarios de aviones de gran capacidad, lo cual suma unos $50 millones de dólares anuales por concepto de derechos de aterrizaje, seguros médicos y otros servicios aeroportuarios o al viajero.

A todo esto se suman las toneladas de medicinas, ropa y medicamentos que las familias envían como ayuda familiar, donaciones o grupos privados envían para negocios en el mercado negro, lo cual es imposible determinar, pero solamente en el caso de las donaciones, supera fácilmente los $30 millones de dólares anuales, en medicamentos y otros insumos.

Este panorama de pagos directos para contactos y viajes de la familia cubana incluye las comunicaciones telefónicas, las cuales pueden representar otros $82 millones de dólares al monopolio estatal cubano Etecsa, con costos para los cubanoamericanos que oscilan entre $1.00 y $1.20 el minuto por llamada de conexión internacional con la isla.

Estos ingresos para la economía nacional cubana pudieran crecer en más de $100 millones de dólares, por gastos directos e indirectos de viajes a la isla con sus familiares, solamente con la autorización de entrada de los mas de 35,000 balseros arribados a costas norteamericanas en los últimos 10 años, los cuales tienen negado su ingreso por la política común con los Estados Unidos de desestimar la inmigración ilegal.

El tema de las pequeñas inversiones para la agricultura y negocios de servicios que las lentas aperturas burocráticas han permitido en los últimos anos, es incalculable, tomando en cuenta que las familias cubanas en el exterior han aportado -y aportan- millones de dólares en préstamos familiares, mercancías y recursos para estimular estos negocios.

Si existiera una política diseñada para lograr inversiones familiares de bajo nivel al estilo de lo que se desarrolla en otros países con planes de financiamiento internacional -vetados para Cuba por concepto del embargo norteamericano- y compra de propiedades para retiro o asentamiento en la isla, es imposible calcular los cientos de millones de dólares que la comunidad cubanoamericana pudiera representar.

En mi opinión, la hora de las decisiones difíciles paso hace rato: es necesario hoy considerar que la fuerza de la emigración, y no me refiero precisamente a grandes fortunas amasadas por la industria del odio, la política o el delito, pudiera representar un despertar económico para la maltrecha agricultura y la industria de los servicios al turismo, por solamente mencionar dos sectores claves.

Este libro es el sexto del autor.
Junio de 2010

Editorial Letra Viva ©

Postal Office Box 14-0253
Coral Gables, FL 33114-0253